思考的蘆葦

劉子倩・譯

太宰治

目次

輯一

漣漪

自信是甚麼？
是看著未來的燭光時，心靈的模樣。

思考的蘆葦

——理所當然地說出理所當然之事。

前言

我之所以決定以「思考的蘆葦」為題，在日本浪漫派的機關雜誌撰寫一整年的文章，是基於以下理由。

「因為我想活下去。」我好歹總得賺錢餬口吧？理由非常簡單。這四、五年來，我發表了多達七篇的免費小說。所謂免費，當然拿不到錢。但這七篇，都等於是我畢生的小說樣本。發表當時自然是嘔心瀝血自覺成果非凡，然而就結果看來，我似乎只是向傳播媒體提供了七篇樣本。後來我的小說有了買主。我賣掉了。賣了之後我在想，今後也該停止寫免費小說了吧。我有了慾望。

記得法國作家尚．考克多說過一句話：「人一輩子只能寫同樣水準的作品。」今天的我，也要拿這句話當作擋箭牌。對於買方市場死纏爛打「請再寫一篇作品給我們看吧、再寫一篇吧」的呼聲，我的回答是：「再寫也是一樣的。——給個舞台吧——我想必會滿意——如果想念我的文章了就來找我吧。我要做的不過是取出袋中的七篇樣本，再次讓你們過目罷了。我不會提我在那七篇作品耗費的辛苦血汗。你們只要看了自然會知道。我早早便已有了被選中的資格。」——可是萬一沒人來買怎麼辦？

我有了慾望，對一切都變得小氣巴拉，不捨得再免費發表小說了，然而如果我的文章乏人問津，我的名字就會逐漸被大家遺忘，說不定還會在昏暗的關東煮小店被人隨口議論「此人不是早就死掉了」。那我就沒有任何餬口的生計了。於是我想了半天，終於決定以「思考的蘆葦」為題，每個月或隔一個月寫出兩三千字的作品。不時展現一下我的好學，以免被眾人遺忘——說穿了似乎只是出於這種卑鄙的盤算。

虛榮之市

笛卡兒的《激情論》名聲雖響亮，內容卻很無趣，他說，「崇敬就是渴望於己有利的感情。」我想笛卡兒顯然也不是笨蛋，但是就算把「羞恥就是渴望於己有利的感情」或者「輕蔑就是渴望於己有利云云」這種信手拈來的情感，填入於己有利云云這個句子，也不會顯得多怪異。哪怕是乾脆挑明「任何情感，都是因為自私自利而產生」，好像也算是有點耳目一新的論調。奉獻或謙讓或俠義這類美德，早就把「於己有利」這個慾念像蛋蛋一樣隱藏在皮膚皺褶中了，所以現在就算有人毫無根據地批評「這其實是自私自利」，說不定還會讓人敬畏地讚嘆一聲「啊呀您真是慧眼獨具」，所以笛卡兒其實並沒有說出甚麼真知灼見。人們把射中弱點（如果換個較風雅的說法，那就像是肩頭留下的一片樹葉）的那支箭稱為誠實無偽，極力讚美。但是與其攻擊那種明顯可見的弱點，明知弱點的存在卻故意射歪，讓對方感到你其實知道，而且自己還一派無辜地嘀咕著失手了，好似真的甚麼也不明白，這樣不也挺有意思嗎？虛榮市場的驕傲就在於此。聚集在這個市場的，全都像貪婪搶食的豬，像發情的狒狒。論及渴求一切於己有利的慾望，沒人能比這個市場的居民更強烈。故作奉獻、謙讓、俠義的姿態，企圖偽裝華貴秀逸的鳳凰、天堂鳥的慾望，也沒人能比這個市場的居民更激烈。就連講這種話的我自己，也同樣頂著病人的臉孔，表面上淡漠地對社會評價不屑一顧，實則內心如鬼面夜叉，為了駁倒敵人不惜花費十圓巨資雇用私家偵探，把那個論敵的身世背景、學問、為人行事、病歷乃至失敗經歷等個人隱私通通打聽得一清二楚，然後拿著那個當參考，鞏固自己主張的論證。這是因果循環。

「我愛這虛幻又愚蠢的虛榮市場。我想一輩子住在這虛榮市場，做出各種無意義的努力至死方休。」

懵懵懂懂試圖統整虛榮之子這種概念之際，我發現一位了不起的同道中人。安東尼・范戴克[1]。我看到他在二十三歲那年畫的自畫像。這幅畫刊登於《朝日俱樂部》，附帶美術研究家兒島喜久雄的解說。

「畫面背景是他慣用的暗褐色。濃密的金髮捲曲蓬鬆地垂落額前。內斂地低垂眼簾的碧眼顯得神經質又尖銳，充滿官能誘惑的櫻桃色雙唇也相當惹眼。從細嫩如女子的皮膚下隱約透出美麗的血色，顯得粉嫩如玫瑰色。黑褐色衣服綴有雪白的領子與袖口。洗鍊地披著深藍色絲絹披風。這幅畫是在義大利創作，肩上垂掛的金鏈據說是曼托瓦侯爵的贈禮。」文中又說，「他向來是為了贏得完成後的喝采才鞭策病弱之軀作畫，他的作品是虛榮心的結晶。」想必應該是吧。公然把自己的臉孔描繪得如此美麗甚至堪稱妖嬈，而且八成會以高價把畫賣給某位貴婦，一想到這個年僅二十三歲的小毛頭如此大膽無恥——我就充滿強烈的厭惡。

敗北之歌

日本有句俗諺叫做「死刑犯唱小曲」。形容一個坐在瘦馬上帶往刑場的死

---

1 安東尼・范戴克（Anthony van Dyck，一五九九－一六四一）：比利時畫家。英國國王查理一世時期的宮廷首席肖像畫家。

因，死到臨頭仍不肯讓自己顯得落魄，故作輕鬆瀟灑地在馬上低吟小曲。據說這句諺語是在嘲笑別人死要面子不肯認輸，但我總覺得，文學恐怕也是如此。廢話不多說，就從身邊的倫理問題談起吧。如果我不提想必誰也不會說，因此我要談以下這種理所當然的事情，聽起來或許好像是甚麼英雄式發言，不過，首先我就討厭我的老母親。雖是自己的親生母親卻無法喜歡她。她很無知。因此令人難以忍受。接著，我必須說我對《四谷怪談》[2]的伊右衛門深感同情。真的，如果妻子的頭髮脫落，整張臉紅腫變形生瘡流膿，而且還是個跛子，從早到晚只知哭哭啼啼，就算不是伊右衛門，恐怕也會想把家裡的蚊帳拿去典當，整天在外花天酒地。接著，我想談友情與金錢的相互關係，接著我還想談師徒之間的禮儀，我想談士兵……我有很多很多話題可以說，但我畢竟不想現在就被抓去坐牢，所以就此打住吧。總而言之我想強調的是我沒有良心。打從一開始就沒那玩意。對鞭影的恐懼——換個說法也可稱之為擔心被社會排擠嫌惡的懸念、對監獄的憎惡，那種東西一般人似乎通常稱為良心的苛責。談到維護自我的本能，就連拉車的馬與看門狗都有。但是同住的上班族勸告我，不要裝瘋賣傻故意做出就日常倫理看來明顯是胡鬧的舉動，也不要血氣方剛地在世間傳統守舊的地方肆意妄為。不！我振作精神在心中呢喃。我是要樹立嶄新的倫理。我要創造以美與睿智為基準的嶄新倫理。凡是美麗的、伶俐的東西，都是對的。醜陋與愚鈍的都該槍斃。問題是，這樣站出來後，我究竟能做甚麼？殺人？放火？強姦？就算我渾身戰慄地憧憬這些行為，我也完全做不到。我猛然站起，隨即又頹然跌坐在地。這時上班族又出現了，對我強調認命與怠惰的好處。姊姊寄來愚蠢至極的信，勸我體諒老母親的憂心好自為之。我快要瘋了。怎樣都無所謂，我偏要莽撞無謀地去做別人勸我別做的事。我走投無路肆意瘋狂，最後的下場就是自殺與住院。而我的「小曲」似乎也將在這之後立刻開始。被帶往刑場的死刑犯，隨著瘦馬搖搖晃晃，悠然哼著歌曲：「我是神的繼子。我討厭在事情未解決的狀態下交由神來裁決。我只希望一切皆由自己親手切割。神沒有幫我任何忙。我不信神靈的啟示。我是知性的工人。我是懷疑

2 《四谷怪談》的故事舞台在江戶的四谷町，主要描寫貞婦阿岩因丈夫伊右衛門負心另娶富家女遭到殺害，阿岩遂化為厲鬼展開報復。

的高手。我故意將文章寫得拙劣或故意寫得無趣，我不畏神明，是個無依無靠的孤兒。我已經清楚得不能更清楚了。啊啊，從這裡俯瞰下去，大家都顯得愚昧又骯髒。」雖然嘴上唱得熱鬧，咦，刑場已經近在眼前了。而這個男人也「肯定會在創造中慘痛又勇猛地步向沒落」。查拉圖斯特拉就在這時大剌剌地冒出來，補上這個無謂的注解。

某實驗報告

人無法影響他人，同時，也無法被他人影響。

老年

我在某人推薦下，看了《花傳書》[3]。文中提到：「三十四、五歲時，能劇的技藝正值巔峰。值此階段，若能將這《風姿花傳》的心得一一領悟，精通透徹，想必能得天下人肯定，聲名遠播。倘若這時得不到天下人肯定，名望也不如預期，即便技藝學得如何高明，也會被視為不懂真正奧義的藝人。如果不能領會能劇的精髓，過了四十歲後，技藝想必會退步，日子久了自然露出破綻。這是這個時期不夠成熟的證據。因為技藝的進步大約到三十四、五歲為止，退步則是從四十歲開始。如果到這個時候還未能贏得天下盛名，就不能說他已盡得技藝精髓。……」文中又說，「到了四十四、五歲時，表演方式會全盤改變。即便已贏得世間讚譽，掌握技藝精髓，身邊最好還是有個優秀的演員當第二主角。縱然技藝沒有退步，無奈年華老去，因此逐漸失去外型的魅力以及對觀眾的吸引力。若是絕世美男子或許另當別論，否則就算是容貌不錯的人，上了年紀之後再素顏登台，只會慘不忍睹。從此在這方面一落千丈。是故從這年紀開始，就不該再演出過於精細的戲碼。大抵只能表演符合自己年齡的能劇，輕鬆完成，不費力氣，把更多的戲份讓給第二主角，自己站在配角的立

3 《風姿花傳》（簡稱花傳書）為室町時代的猿樂師世阿彌所作，根據亡父觀阿彌的教導，以他個人多年習藝的觀點談論能劇藝術的歷史、演技及種種心得。

場低調演出即可。如果沒有第二主角時，那就更不該表演精細繁複的戲碼。……」文中又說，「到了五十有餘這個年紀時，除了諸事不做，已別無適當作法。所以俗話說『老驥尚不如駑馬』。……」

接著是藤村[4]的說法。「芭蕉五十一歲過世。（中略）這讓我很驚訝。我打從少年時代就一直認定芭蕉是老人、是老人，看來我這種想法不改變不行了。（中略）馬場君也說，『四十左右時，芭蕉就已以老翁自居了呢。』（中略）總而言之，我驚訝的是芭蕉原來比我這些年想像的模樣年輕了十幾二十歲。……」

幸田露伴的文章最近雖遭到種種嚴厲批評，但那恐怕是不曾讀過露伴的〈五重塔〉及〈一口劍〉這些早期佳作的人才會講的話。

《玉勝間》[5]也有以下的文章。「當今世人，似以為神社就該冷清才尊貴，殊不知古時神社之熱鬧盛況，眼見今世尊貴的老神社多半荒涼冷清，遂以為老神社本就是如此情狀。」

不過，關於老人倒是有一點令我很佩服。黃昏的澡堂，有個老人獨自在浴場的角落磨蹭。定睛一看，原來他正拿簡陋的日本剃刀刮鬍子。沒有鏡子，就在薄暮中從容不迫地動刀。唯有那一刻令我嘆服不已。成千上萬次的經驗，教這個老人學會如何不照鏡子單憑手感便可輕鬆刮去臉上的鬍子。這種經驗的累積，我們只能自嘆弗如。這麼一想，從此留神觀察才發現，我的房東是位六十幾歲的老先生，他也同樣無所不知。比方說只有梅雨季節才可遷移植物，要驅除螞蟻應當怎樣處理，總之相當博學多聞。他比我們多過了四十幾個夏天，多賞了四十幾次花季，總而言之，等於多見識過四十幾次的春夏秋冬。不過，在藝術方面就不盡然了。學習書法有種說法是「寫一點三年，寫一豎十年」，但這種略顯悲壯的習藝規矩，只不過是古代工匠無知的英雄主義罷了。打鐵要趁熱。賞花需及時。我否定所謂大器晚成的藝術。

---

4 島崎藤村（一八七二—一九四三）：日本浪漫主義詩人，後轉向小說創作，成為自然主義代表作家。

5 《玉勝間》是江戶時代後期的隨筆集，本居宣長著，共十四卷。

難解

「太初有道，道與神同在，道就是神。這道太初與神同在。萬物由此而生，所生之物無不由此而成。其中自有生命。此生命乃人類之光。光芒照亮黑暗。然黑暗不解其意。……」（《約翰福音》第一章）以前我認為這段文章與這種想法艱深難解。還拿著這段文章到處問人大驚小怪。

然而，某次我忽然換個角度思考，當下恍然大悟，這只不過是在陳述極為平凡的道理嘛。之後我就想。文學方面不可能有「難解」。「難解」只存於「自然」中。文學這種東西，或許就潛藏於面對這難解的自然，（假裝）大刀闊斧地從自己獨特的角度剖析，然後誇耀那刀口之乾淨俐落中。

塵中人

我看了寒山[6]詩集，像念經一樣很無趣。其中有這麼一句：「悠悠塵中人，常樂塵中趣」云云。

「悠悠」應該是騙人的，倒是「塵中人」讓我深思。

《玉勝間》也有這麼一段。

「世間博學者，或當代有學問的人，似乎都喜歡住在遠離塵囂的安靜山林間，然吾人不知其間差異，一心嚮往繁華，對於遺世之處只覺冷清，似乎令人心志消沉。……」

如果健康及經濟條件許可，我大概也會住在銀座最繁華的地段，每天肆無忌憚地想說甚麼就說甚麼，想去哪裡就去哪裡吧。這個念頭，抓住了此刻在白砂青松之地療養，躺在藤椅上的我。比常人加倍痛感俗世難以安居的人，被稱為受難之子，例如佐藤春夫、井伏鱒二、中谷孝雄，事到如今也不可能出家遁世，只能繼續在紅塵滾滾中苟延殘喘，思及他們那種情狀——唉，這可不是隔岸觀火可以置身事外的。

---

6 寒山：中國唐代的詩僧。

論向人詢問自己作品之好壞

自己作品的好壞自己最清楚。哪怕僅是千分之一的機率，若能有自己覺得還可以的作品，當然是最好不過。各人不妨仔細捫心自問。

書簡集

咦？比起你的創作集，你好像更在意書簡集。——作家悄然點頭回應。是的，因為這些年來，我在各處留下太多拙劣的書信。（深深嘆口氣，）成不了大作家。

這可不是開玩笑的。我真的覺得很不可思議。在日本，偉大的作家死後付梓的作品全集中，必然會有一兩冊書簡集。甚至有些全集中，書簡比作品的數量還多，但那或許是有甚麼特殊原委吧。

作家的書簡信件、筆記本的零碎片段，以及作家十歲時的文章、塗鴉。於我，全都很無聊。倘若是因為與作家生前交好，如今追憶作家，於是將作家戲作的畫冊一卷付梓分贈親朋好友，自然另當別論。那不是外人可置喙之事。

身為一介讀者，比方說身為契訶夫的讀者，我就沒有從他的書簡集得到任何發現。我只能從書簡集的各個角落，隱約聽到他的作品《海鷗》中那個特里戈林的獨白。

讀者或許自以為看了諸位作家的書簡集，便可發現作家不經意間流露的平常面目，但他們就算再怎麼精明，能夠從書簡中捕捉到的也只是這個作家和常人一樣一日得吃三餐，那個作家也和常人一樣熱中房事等等庸俗的生活紀錄。都是早就知道的事。那才真是連提起都嫌殺風景。可是讀者就好像發現天大的醜聞似地緊咬不放，津津樂道歌德據說患有梅毒，普魯斯特好像也曾三跪九叩哀求出版社，孤蝶和一葉[7]又是甚麼樣的交情云云，把作家嘔心瀝血的作品集當成文學最初步的東西不屑一顧，只顧著蒐集作家的日記與書簡集。俗諺有

7 馬場孤蝶是慶應義塾大學教授，也是評論家、翻譯家、詩人。與女作家樋口一葉有來往，也參與了一葉的日記及作品全集的編輯工作。

云，射將先射馬，擒賊先擒王。他們不問文學論，所到之處皆是忙著月旦人物。

身為作家，自然無法漠視這種現象，甚至造成某些人把作品放在次要，只忙著編撰自己的書簡集，就連十年來寄給好友的書信，也要穿上禮服手拿扇子，一字一句考慮印刷時的版面效果，一一加上無謂的注釋好讓外人看到也能理解文章，那種繁瑣，導致一篇像樣的作品也沒寫出來，只是蠅營狗苟徒有善於寫信之名。

有那筆錢花在書簡集上，還不如把作品集裝幀得更氣派。至於那些含糊其辭態度曖昧的書簡及日記，好像早已預期到日後會公開發表，又好像完全沒預期。就像被逼著抓青蛙，感覺怪不舒服的。還不如乾脆做個明白的選擇。

我曾看過不是書簡亦非日記，大約只有十篇詩和十篇譯詩的遺作集，對之愛不釋手。作者是富永太郎，其中的二篇詩作與一篇譯詩，迄今仍是我晦暗心頭的一盞明燈。獨一無二。永垂不朽。書簡集中絕對找不到這種東西。

兵法

拿不定主意該將文章的某處刪除還是保留時，務須刪除。遑論在該處添寫甚麼了。

In a word

記得好像在久保田萬太郎或小島政二郎還是誰的文章中看過一段懷舊談，不過，也可能是我記錯了。據說昔日芥川龍之介與人論戰時經常再三追問「簡而言之？」刁難論敵。到底是久保田還是小島，我完全忘了，總之，印象中這段軼事被描述得非常悠哉。是那種「這下子，我們也沒轍了」的語氣。詳情不得而知，總之芥川為了這「簡而言之」的結論，急紅了眼苦苦追求，最後，終於選擇護士小姐和小保母也能輕易辦到的服毒自殺。昔日的我也曾急於追求這「簡而言之」的結論。夢寐以求。因此不知沿路逍遙的樂趣。也不懂循環小數的奇妙。一心一意只想立刻抓住不動如山的恆久真理。

「簡而言之，就是你必須更加用功念書啦。」「彼此彼此。」通宵議論後，就地躺下，二人如此放話。那就是結論。最近我認為那樣就夠了。

看來我似乎涉入了相當麻煩的問題。起初，我並不打算講這個。

我本來只是想用「In a word」這個題目，陳述社會種種殺伐怪狀，例如世人用一句冒牌貨論斷俄國哲學家列夫．舍斯托夫，用駑馬二字概括橫光利一其人，用寥寥數語指摘懷疑論的矛盾，一刀斃掉紀德的小說譏為二流，奚落日本浪漫派不知民間疾苦，甚至像《讀賣新聞》的壁評論氏，努力將一篇小說（我寫的〈猿島〉）壓縮成一行諷刺或格言……但或許是秋日晴空的影響，我忽然改變心意了，連我自己都覺得奇怪。這顯然是失誤。

論抱病寫文與優待

的確，現在的我心存依賴。家人還把我當成病人看待，會看這篇戲謔短文的人想必也都知道我的病情。因為我是病人，所以人們帶著苦笑容忍我。喂，你先把身體弄健康了再說。作家在自己的傳記中，不能製造任何社會新聞。

追記。文藝冊子《散文》十月號刊載山岸外史的〈頹廢主義論〉是細心鏤刻的文章，想接觸佳作者，不妨一覽。

給《衰運》的贈言

一汪冷潭清水
誰知昔日此地
曾是噴火山口

這是生田長江寫的詩。但願能給《衰運》讀者諸君一個好暗示。

喂，再過一個月你就二十五歲了，最好自愛點，也該走你該走的路了。並且要樹立堅定不拔的高塔，務必讓那座高塔直到百年後，仍可讓路過的旅人傳頌「這裡曾經有個男人——」。我今晚這句話，你要老實聽從。

論鄙俗性

大約二年前，我閱讀了黑格爾老師的《席勒論》，不，是被迫閱讀，席勒[8]在作品中，本著人性驅逐das gemeine（鄙俗），回歸本然的狀態。唯其如此，方得產生真正的自由。這就是我在書中發現的論調。黑格爾老師端著聖潔的臉孔，嘆息「我們很難掙脫這鄙俗的泥淖——」。我也同樣輕聲嘆息。「鄙俗」、「鄙俗」……這種想法之悲哀，始終縈繞我的腦海一隅。

如今在日本，稍微接近本然狀態的文人，當推白樺派的公達、葛西善藏[9]、佐藤春夫。佐藤與葛西二人，與其說自由，或該稱為罕見的彆扭人物，更能深得自由這個意義之奧妙。至於鄙俗的代表者，則是菊池寬。而且無論是鄙俗或本然狀態，此刻要立即審判兩者的優劣想必更是不用說了。芸芸眾生，我悲傷地認為恐怕無人正面凝視菊池寬的鄙俗之可悲。不管怎樣，我的小說〈鄙俗性〉發表數日後，我收到以下這樣一張寄件人不明的明信片。

現世的生身肉體
內心暗藏著
你畫的少女圖
令我心情淒涼

以上，以春花秋葉皆絢美為題。

作者不明

8 席勒（Johann Christoph Friedrich von Schiller，一七五九—一八〇五）：德國詩人、哲學家。德國啟蒙文學的代表人物之一。

9 葛西善藏（一八八七—一九二八）：與太宰同鄉，一生受貧困與疾病所苦，是破滅型的私小說作家。

有種報上名來！為了這首詩，我的確有七、八天都心情焦灼地走來走去。已顧不得甚麼本然狀態與黑格爾老師了。到頭來，我終究只不過是個感傷家嗎？

論金錢

金錢並非萬能。此刻就算我拿到千圓鉅款，如果你想要，我就給你。我所剩下的，是宛如太古蒼天般的無暇愛情——以及，最酷薄、最有耐性的復仇心。

論失神

被森羅萬象之美踐踏粉碎，男人口乾舌燥，心焦如焚，踽踽獨行踉蹌徘徊，某晚忽然發現一條微微發光的道路！他如此認定，立刻跳起。奔跑。不停奔跑。那是瞬間發生的事。這一瞬間，就稱為失神之美吧。那絕非超自然的力量所致。而是人類力量的極致。我不信鬼神。只信人類。華嚴瀑布就算乾涸，我也不會特別心痛。然我無法不為演員羽左衛門的健康祈禱。我祈求陶藝大師柿右衛門的作品完好無缺。今日之後可使用「人工美」這個字眼。饒是天衣，若其無縫，也會汙穢不忍卒睹。

附帶一提。完全失神之後來臨的空虛，你可知否。

處世祕訣

保持分寸。保持分寸。

綠雨

保田君說，「我最近在讀綠雨[10]。」綠雨曾自號正直正太夫。保田君，你就是被這種果敢的勇氣吸引嗎？

再談書簡

我沒見友人，如今在鄉下閉門獨居，寫信自曝羞恥的次數也日漸頻繁。不過，日前我脫口說出作家的書簡集、日記、筆記片段全都很無聊。現在我也這麼想。我認可的書簡概由我親手發表。以下有二封。

（文章的介係詞若記憶有誤請見諒。）

保田君。

我也才二十郎當。口乾舌燥，心焦如焚，聆聽高空雁鳴。今宵風寒，無處安身。匆匆停筆。

還有一封是：

（輾轉難眠，某晚修書與年長友人。）

可悲的是，就連那個，其實也只是謊言。我拿額頭去撞牆，恨不得就此了結生命。真可憐，這也同樣不過是「文章」。你知道嗎，我已覺悟了。我的藝術，和玩具擁有的美感分毫無異。等同於那種撥浪鼓的美感。（空一行）杜鵑臨死前的那聲泣血啼鳴是在說，「去死吧，巧言令色！」

另有三封書簡也令我耿耿於懷，但那些就留待他日有機會再說吧。（說不定沒機會了。）

---

10 齋藤綠雨（一八六八—一九〇四）：明治時代的小說家、評論家。

追記。文藝冊子《非望》第六期刊載出方名英光[11]的〈吹過天空的風〉，頗值得一看。不過採用該篇文章時，若是在此刻狀況悄悄變得更嚴酷之下，想必會更加完美。

所謂任性

為文學而任性是好事。就社會層面而言，二、三十圓的任性都做不到，事到如今談何文學。

百花撩亂主義

福本和夫[12]、大地震、暗殺首相，乃至其他各種亂七八糟的事，簡直成千上萬。我的少年期與青年期，親身見聞了所有「不該看的東西」。以二十七、八歲為限，那個年紀以下的青年全都嘗到有口難言、無人知曉的痛苦。連自己究竟該安身何處都不知道。

這裡有一條不可逾越的粗大黑線。世代與舞台正慢慢迴轉。我感到人我之間無法溝通的嚴肅悲哀，不，那甚至是嗚咽。我們漫長行旅。走投無路，遂將旅途歇腳處的枕畔一朵花，姑且命名為日本浪漫派。就此一條路走到底。竹林七賢不也出自竹林，差點沒被餓死，善哉，遂如此自稱。「我就是花，我創造花。我尚未找到最佳時機。Alles oder Nichts.[13]」

又曰。「策略之花，可也。修辭之花，可也。沉默之花，可也。理解之花，可也。模仿之花，可也。放火之花，可也。我等對於自己發出的一字一語皆有堅定不移之責任。」

11 出方名英光是無賴派作家田中英光的筆名。
12 福本和夫（一八九四－一九八三）：社會思想家、馬克思主義理論家。戰前日本共產黨幹部，共產主義運動的理論指導者。
13 Alles oder Nichts是德語，意思是孤注一擲聽天由命。

可悲啊，這花園的妖異。

若問這花園奇幻絢美的祕訣，創造花成為花的其中一人，喚來一陣秋風回應：「我們隨時可死。」僅此一語。若有二語則汙穢矣。

百花撩亂百家齊鳴，你一言我一語，百花競相怒放，「要去愛活著的事物。」「我並不新。但也絕不老舊。」「若是賭上性命，一切皆尊貴。」「到頭來，人不足以語此。」「費解的是藤村的表情。」「不，關於那個，我認為——」「不，是我。是我。」「人不該嘲笑人。」云云。

毋須鼓吹日本浪漫派團結一致。日本浪漫派以及每位支持者各有千秋的個性，才是最可貴的，絕不容任何侮蔑，此外，對於各人的生活方式及作品的特殊性，也應抱持至死不移的驕傲，且讓它遍布每個地方的每個角落，繼續百花撩亂吧。

所羅門王與賤民

我出生時最為榮耀。當時先父身為貴族院議員。他用牛奶洗臉。然他留下的孩子逐漸落魄。如今只能鬻文餬口。

所以所羅門王無限的憂愁與賤民的汙穢，兩者我想必都理解。

文章

文章的確有善惡之別。想必就如同外貌、姿態吧。這是宿命。無可奈何。

感謝的文學

在日本，有句諺語說「輕忽害死人」，因此人們總是戰戰兢兢畏縮不前。

在藝術的本領方面，一旦到達某個程度，好像就再也不會進步，但也不會明顯退步。不相信的人，可以看志賀直哉、佐藤春夫等人。那樣還算是好的。（關於藤村，我打算另外書寫。）試觀歐洲的大作家，過了五、六十歲後，一律以量取勝。純粹是老把戲的堆積。不管蕎麥麵還是涼粉條，只要堆積如山，看起來就好像真的很厲害。藤村或許是歐洲人。

然我不過是為了感謝，或者為了錢，也或者為了小孩，為了遺書，才辛苦寫作。我無法嘲笑別人，只好不時嘲笑自己。遲早，壞的文學將會無人閱讀。民眾這種混沌的怪物，在這點，倒是正確的。當然也有一些好的作家只寫優秀的作品，盡己所能，晴耕雨讀，把握每一天的生活，那是曾被祝福的人。是經歷過但丁的〈地獄篇〉，得以品味〈天國篇〉的人。另外，也有些復仇的作家只在意《浮士德》的梅菲斯特，甚至忘記還有葛麗卿[14]的存在。兩者，我都無法審判，但唯有一點我敢說。〈開窗〉、〈好人夫婦〉、〈出人頭地〉、〈蜜柑〉、〈春〉、〈直到結婚〉、〈鯉〉、〈翌檜〉[15]……唯有這些對生命充滿感謝的小說，才擁有不滅的靈魂。

審判

審判他人時。那是在自身感到如屍骸、如神明的時刻。

無間地獄

在這世上，有一扇門無論怎麼推怎麼拉都文風不動。就連冷然穿過地獄之門的但丁，也避談這扇門。

餘談

這裡有篇文章以「鷗外與漱石」為題，對於鷗外的作品始終未獲正當評

14 葛麗卿本是單純的村姑，與浮士德相愛發生關係，懷孕後釀成殺嬰入獄的悲劇。

15 翌檜：日本特產的常綠樹木。名稱含有「翌日會成為檜木」之意，因此隱喻展望明日積極進取。

價，反而是俗中之俗的夏目漱石全集日漸博得盛名的現況，深感不滿幾乎落淚，於是翻遍各種參考用的筆記與書籍，卻只是令「我輩」失望，毫無助益。當晚徹夜難眠。天亮之後，總算解決。所謂的解決之道，就是交由時間去解決。大談他們二十七歲的冬天云云。每次鑽牛角尖，總是如此解決也。

乾脆現在就與記者諸兄圍爐，談談媒體的可悲吧。

每天早上，看到報紙上諸位署名的文章及照片，總是心生悲哀（有時也很不愉快）。我覺得這才真是看完就丟、隨手拋棄、不值一毛錢，就像看到虛無縹緲的東西。可是如果有人囁嚅「這社會就是這樣」，我甚至覺得自己搞不好也會點頭說聲有道理。逝水永不復返。也有句話叫做「生生流轉不息」。誕生在這世間，或許本就是錯誤的開始。

Alles Oder Nichts

透過易卜生的戲劇漸漸掛在歐洲人嘴上的這句話，四處流傳，如今甚至在報紙刊登的無聊長篇小說也可輕易發現，偶然一瞥，我覺得彷彿自己也遭到嘲弄，不禁勃然大怒。因為潛藏在我思想底層的一脈淵源，也正是這句話。

我在小學和中學時都是班上的第一名。上高中後，落到第三名。我甚至故意使手段落到班上最後一名。上大學後，我的法文很爛[16]，屈辱的預感令我幾乎不再去上學。在文學方面，我也不容許任何人輕視。一旦意識到我的完全敗北，我甚至連文學都可以放棄。

但我入圍了某文學獎，對方完全沒有通知我，之後連我遭到淘汰的事一併公開發表。請想想看每個人堅定不移的自尊心！等我看到得獎者的作品後，老實說，我偷偷安心了。我並未失敗。我也能寫。我確信能夠獨自走向無人容許的那條路。

我幼年時，經常被嚴苛的亡父及長兄責打，我自己的個性也有點冥頑不靈，在文學方面信奉絕對利己的紳士主義，就連十年來的好友都不肯輕易原諒，也感到自己至死都要右手高舉旗幟咬牙徘徊巷里的執拗。一朝生活破滅，

16 太宰不懂法文，只因憧憬法國文學便選擇東京帝國大學的法文科就讀。

走投無路後，伴隨魔音貫耳，或許我就和酒井真人[17]一樣，以《文藝放談》——才怪，應該是文藝糞談——這種雜誌維生，哪怕啃石頭也要苟延殘喘活下去。好學生間貫一[18]放棄求學，立志成為富有的高利貸業者，這個主題比起當今各種報紙連載小說，更能夠讓我們看清社會的現實面。

現在，我要主動在你覺得可悲的廉價草紙上，寫一首掏心掏肺的詩給你。這是我從不輕易示人，尚未發表的重要詩句。

附帶一提。別以為我只能用廉價草紙寫作。我只是因為看了你用二張稿紙草草寫就的來信後，確實感到所謂的「出『字紙簍』而不染的蓮花」。只是因為我猜測你也嘗到克萊斯特[19]的痛苦，同樣為凋落的波特萊爾憂心如焚，的確能夠寫出與我不分軒輊的一二佳作。不過，寫這種東西僅此一次。我和任何人都不想太熟絡。

熱愛／因果／射擊遊戲的／大頭症／弟弟。

哥哥／總是／奉獻／生命。

蘆葦的自戒

其一。睜大眼睛只看社會就好。自覺沉溺於自然風景時，就老實承認失敗，宣告「吾已垂垂老矣」吧。

其二。同樣的話，絕對不可重複第二次。

其三。「目前還沒有。」

關於感想

談何感想！就連渾圓的雞蛋如果換個方式切，不也能成為標準的四方形？可以垂眼嘶嘴扮小丑，也可以模仿此刻才剛剛從荒野來臨的原始人那種純真的

17 酒井真人（一八九八—？）：大正、昭和時代的小說家、影評家。
18 間貫一是尾崎紅葉的名作《金色夜叉》男主角。
19 克萊斯特（Bernd Heinrich Wilhelm von Kleist，一七七七—一八一一）：德國詩人、劇作家。

素樸。於我而言，唯一確實的，就是自己的肉體。這樣躺著看十指。動一動指頭。右手的食指動一動。左手的小指也動一動。這樣盯著手指看了半晌後，不由感到，「啊，我是真實的。」其他一切彷彿都是千絲萬縷的流雲，就連是生是死都不確定了。虧你，虧你啊！居然敢談感想！

自遠方獨自眺望這種狀態的一名男人曰，「非常簡單。唯有自尊心。僅此而已。」

就連……也……

看過《金槐集》[20]的人想必都知道，實朝的和歌中，有這麼一句「就連……也……」。前後文我已不記得了，印象中好像是吟詠甚麼就連無知野獸也都怎樣云云[21]。

就二十幾歲的心情而言，有時無論如何都忍不住想說「就連……也……」。會忍不住想說，就連努力到此地步也……最了解實朝的真淵，基於維護國語的角度，未採納這句。如今看來，兩者都只是做了自己最好的選擇，倒也不會怨恨真淵。

慈眼

「慈眼」是亡兄生前親自給遺作（一尊怪異的佛像）取的名字，這座高六十公分的藍色佛像，如今放在我的房間角落，是亡兄二十七歲那年最後的作品。因為他死於二十八歲的夏天。

這麼一說才想到，我現在正好二十七歲。而且穿著亡兄遺留的鼠灰色條紋和服睡覺。兩三年前，我對無辜的人拳打腳踢，像瘋馬一樣在巷道狂奔，現在

20 《金槐和歌集》是鎌倉時代前期，源實朝的私家和歌集，簡稱《金槐集》。據說是被江戸時代的國學家賀茂真淵盛讚才重新受到注目。

21 原句是「物いわぬ四方のけだものすらだにも哀れなるかな親の子を思う」。意思是看到父母愛子心切，就連不會說話的野獸都深受感動。

那種瘋狂仍不時死灰復燃，令我做出無可挽救的舉動。算了管他去死！有時一整天都傲慢地躺著，只覺慈眼的眼波流光，往往無言又溫煦，化為所謂的菩薩臉孔。遂連我自己都覺得自己很無聊。

這段內容，就這麼簡單，讀者毋須穿鑿附會。

重要的事

知識並非萬能。人智有限，上自某某氏，下至某某氏，當知全都大同小異。

真正重要的，應該是力量吧。米開朗基羅明明身分貴重不用那麼做，卻不假他人之手，只靠一己之力把大理石塊從山上拉到鎮上的工作室，因此把身體都搞壞了。

附帶一提。米開朗基羅據說就是因為討厭人，所以才會那樣被人討厭。

敵人

能夠徹底否定我的，（我望著十一月的海面思考，）是農民。只有起自十代之前的貧窮農民，才有那個資格。

丹羽文雄、川端康成、市村羽左衛門，以及其他。於我，就連一個小感冒都會提心吊膽。

追記。本誌連載期間，看了同鄉友人今官一君的〈海鷗之章〉，那痛快的文筆甚至令我心情雀躍。我確信關注他的佳作今後發展者，絕非我一人。

健康

當一個人處於甚麼都不想做的無意志狀態，是因為那人很健康。至少，是平和的狀態。那麼，上自拿破崙、米開朗基羅，下至伊藤博文、尾崎紅葉，那一切的工作成果，都是大家在瘋狂狀態下完成的嗎？然也。千真萬確。健康，就是滿足的豬，是渴睡的狗。

K君

他戰戰兢兢，彷彿要刺探天大的祕密，煞有介事地問我：「你愛好文學嗎？」我沉默不語。這是個唯有面貌凜然，實則毫無知識的十八歲少年。於我而言，是唯一無力招架的麻煩人物。

架勢

分明打從一開始就很空虛，卻嘻皮笑臉說，「我只是故作空虛。」

風景明信片

這點，是我與山岸外史[22]不同之處。比起拍攝深山花海、初雪的富士靈峰、遍布白砂的千株蒼松，還有在滿山紅葉下若隱若現的清姬瀑布這類風景明信片，我更愛淺草寺前商店街風景的明信片。人潮。喧嚷。他生有緣齊聚於此，湊巧被一同攝入照片，雖然受到與生俱來的命運操弄，仍不斷思考著開拓自己命運的手段繼續向前走。於我而言，這成千上百的人，誰也不容旁人嘲笑。因為他們每個人肯定都在努力。他們每個人的家中，皆有父親，母親，妻子兒女。我審視每一個人的表情與骨格，就這麼渾然忘卻二小時的時光。

誠實無偽的申告

沉默的被告，突然站起來說：

22 山岸外史（一九〇四—一九七七）：評論家，「日本浪漫派」同人。

「我見多識廣。我想認識更多。我是率直的。我想率直陳述。」

法官、旁聽者乃至律師們聽了，全都快活地哄堂大笑。被告依然坐著，就這樣整天都用雙手蒙住自己的臉。當晚，他咬斷舌頭，身體逐漸冰冷。

燒斷亂麻

小說論到了現在這種混亂的地步，難免很想一言以蔽之。法國是詩人的國度。十九世紀的俄羅斯，是小說家之國。至於日本，是《古事記》、《日本書紀》、《萬葉集》之國。並非長篇小說之國。想成為小說家的你，先去當外國人吧。絕對不可能左右逢源都有好結果。能夠成為你的良兄益友的，有普希金、萊蒙托夫、果戈里、托爾斯泰、杜斯妥也夫斯基、安德列耶夫、契訶夫，隨便屈指數來就超出十根手指頭了吧。

最後的個人秀

匆匆瀏覽達文西的評傳，忽然發現一張插圖。那是〈最後的晚餐〉。我目瞪口呆。這分明是地獄掛圖。是天翻地覆、驚天動地的大騷動。不。是人世最可悲的阿修羅景象。

十九世紀的歐洲大文豪們，肯定也在幼年就看過這幅畫，聽到可怕的詳細解說。

「出賣我的，就是這其中一人。」耶穌如此低語，斷然捨棄所有希望的剎那身影，被畫家巧妙地捕捉。達文西知道耶穌深不可測的憂愁，以及肅穆拋棄自我與自身肉體後的無限慈悲。他對十二門徒各自懷抱的利己或崇敬心態也悉數皆知。好。乾脆拜託日本浪漫派的同人諸兄來合演一場戲吧。一臉剽悍無比的表情，做勢要遇神殺神、遇佛殺佛的彼得由誰來演？一心急於證明自身清白的腓力呢？只顧著驚慌的雅各是誰？垂首窩在耶穌胸前似已沉睡的這個優美如小白鴿的約翰又是誰？還有，最後在過度悲傷下反而神情豁然開朗的耶穌該由誰來扮演？

山岸或許會毛遂自薦扮演耶穌，但誰知道呢。也不能忘記中谷孝雄這個優秀青年，更何況，還有「日本浪漫派」這個無耳無眼的混沌怪物在一旁虎視眈眈。你看猶大。他的左手好像要抵禦甚麼可怕的東西，右手仍不忘牢牢抓住錢袋。喂，拜託把那個角色讓給我吧。因為我是最深愛「日本浪漫派」的人，對它的憎惡也最多。

論冷酷

嚴酷與冷酷，在根本上就已不同。嚴酷的底層充滿了人類本然的溫暖關懷，而冷酷，就像纖細脆弱的玻璃器皿，在此，不可能有任何花朵綻放，完全無緣。

我的悲傷

走在夜路上，草叢中窸窣作響。那是毒蛇逃走的聲音。

論文章

既稱為文人，就得善於寫文。所謂佳作美文，指的是「富於感情，文辭舒展，謳歌出於本心的真誠」之態。富於感情云云可舉上田敏年輕時的文章為例。

驀然一念

搞甚麼，大家都在講同樣的東西。

Y子

她的囁嚅，就只有二次帶著真摯的味道。其餘的皆讓我困擾。

「我好像講了甚麼蠢話是吧。」

「我其實也有個性。只是，被人講成那樣好像除了沉默別無他法了。」

語言的奇妙

「舌頭打結。」「鼓舌如簧。」「咋舌稱奇。」「舌粲蓮花。」

相聲

我所謂的對口相聲，比方說，是指以下的情形。

問：「你到底是為了打扮給誰看，才塗脂抹粉？」

答：「為大家。為你。」

這可不是嘻皮笑臉就能了事的問答。就連揮拳都會髒了手。在你之中也有！

我的神話[23]

因州因幡的小兔子。被拔了毛，浸泡海水，曝曬太陽下。這是痛苦之始。因州因幡的小兔子。用淡水洗滌身體，鋪滿蒲草花粉，深深埋在其中睡覺。這大概是安樂之始。

23 原典出自日本神話《古事記》〈因幡的小兔〉。故事描述大國主命個性善良，上有眾多兄長統稱「八十神」，八十神聽說因幡國公主為絕世美女，遂前往求婚，大國主命奉命跟在後面扛行李。途中看到被拔了毛的兔子在海邊哭泣，壞心眼的八十神哄騙兔子泡海水後去曬太陽，令兔子反而疼痛加劇，大國主命教牠用淡水清洗再睡在鋪滿蒲草花粉的床上，解除了兔子的痛苦，因此兔子預言公主會嫁給大國主命。

最尋常的事物

就是「我是男性」這個發現。他察覺家人的「女性」後，這才發現他自己的「男性」。同居以來，已是第七年。

論螃蟹

阿部次郎的散文中提及，見到小螃蟹在自家廚房橫著跳來跳去。一想到原來螃蟹也會跳，他就流淚了。唯有那段描寫，很不錯。

我家的院子偶爾也有螃蟹爬來。你見過像芥子那麼渺小的螃蟹嗎？渺小的螃蟹，與渺小的螃蟹，竟以性命相爭。那一刻，我為之凝然。

我的紳士主義

「布魯特斯，你也有份嗎？」[24]

世間可有任何人沒嘗過這種苦汁？我最信賴的人，必然會在我生涯最重要的剎那，朝我臉上扔骯髒的石子。而且是狠狠扔擲。

之前，我從友人保田與重郎的文章中發現一句芭蕉的佳句。「朝顏花謝的午間，重門深鎖。」原來如此，的確只有這句可形容。但是——還有——不。就只有這句。只能是這句！

關於《晚年》

為了這本短篇集，我虛擲十年光陰。整整十年都沒有和一般市民一樣安心

24 這句名言是羅馬共和國晚期的執政官凱撒遭到刺殺時，發現暗殺者之中也有自己的心腹布魯特斯時說的話。

享用過早餐。就為了這本書，我流離失所，自尊心不斷受傷，飽受世間的寒風折磨，只能這樣四處徘徊。我浪費了數萬圓巨款。面對兄長的辛苦完全抬不起頭。我口乾舌燥，心焦如焚，故意把自己的身體敗壞到無法恢復的地步。我撕毀了上百篇小說。浪費稿紙五萬張。最後剩下的，勉強就只有這個。僅此而已。將近六百張稿紙，稿費加起來全部只有六十幾圓。

但我相信。這本短篇集《晚年》的色彩，年年歲歲一定會愈發濃烈，逐漸滲透你的眼，你的心。我就是為了創作這本書而生。今日之後的我純屬行屍走肉。我將就此度過餘生。而且，如果我今後還能活很久，必須再次出版短篇集，我打算將之命名為「歌留多」。歌留多，本來是日本的紙牌遊戲。而且是賭錢的遊戲。滑稽的是，之後如果我活得更久，還有機會出版第三本短篇集，我恐怕必須取名為「審判」。對所有遊戲都已陽萎的我，除了默默撰寫完全缺乏生氣的自傳，想必無路可走。旅人啊，請避開這條路。因為這是空虛之路——名為審判的燈塔，想必會如此異樣嚴肅地宣告吧。但今晚的我，並不想活那麼久。我甚至在想，與其玷汙我的斯巴達王國，我寧可把鐵錨綁在身上投水自殺。

不管怎樣，想到《晚年》被你愛不釋手反覆閱讀，被你雙手的手垢弄得泛出黑光，啊，我是幸福的——在那瞬間。人在一生中，能夠體會到真正幸福的時間，別說是跑百米的十秒了，恐怕更短暫。我聽到一個聲音說：

「騙人！若真有那麼不幸，你可以不要出版呀。」

我答曰：

「我是這世間無與倫比的美麗。就像梅迪奇的維納斯雕像。為了在這世間留下現世最美的證據，所以才要出版。

看啊！維納斯雕像羞恥得形諸於色的樣子。這是我的不幸之始。而且春夏秋冬都裸體，默默無言，略顯畏寒的面貌（紅顏薄命），正是要用那高雅的眼神悄悄教你明白，上天這冷酷無比的嫉妒之鞭。」

論不安

不安，據我所知有黑白二種。浪花曲有詞云：「且待明日的寶船。」普希金有詩：「我明日將被殺。」在心情忐忑這點似乎一樣，但深思半日後，我發現二者確實如黑白涇渭分明。

課題

〈論 check 與 chuck〉、〈論所謂的策略〉、〈論語言之絕對性〉、〈論沉默是金〉、〈論野性與暴力〉、〈紳士主義小論〉、〈論奢侈〉、〈論出人頭地〉、〈論羨慕〉、〈論原始的感傷〉，除此之外，好像很小氣連題目都不肯透露的，還有十七、八篇。我全都一點一滴寫在筆記本上，如今有人建議我給《文藝雜誌》創刊號寫點甚麼，於是我取出兩三本筆記本檢視該寫甚麼才好，左看右看，從傍晚看到黎明。沒有一則能夠打動我讓我滿意。就在我喝牛奶看早報時，我忽然懂了。

原來是因為我的心正在千里外的海上掀起驚濤駭浪。我的第一本書要出版了。這下子，一切都講得通了。這本是我該解決的課題。機緣巧合下，不得不交棒給砂子屋書房主人山崎剛平氏出版。不知我的書能賣多少本。不知書本的裝幀是否順利。我想到潮來潮往與海鷗與浪花的關係。

附記。這篇一半以上是為了替我的書打廣告。我已決定從昭和十一年起，要不就是不收稿費，要不就是小說一篇五圓，其他雜文一篇三圓。

只因今年正月號，編輯的書信令我幾疑融入我的一滴精血。又或者，是因為去年正月我允諾要寫稿，之後那一年當中，我自己主動加強了這個承諾，最後甚至把自己逼得發瘋。也為了總是和顏悅色安慰我，而且文意非常高潔的編輯部來信，以及其他種種起碼非得寫一篇交差的原因，總之我斷續寫了二十幾篇文章。稿費一概被我主動拒絕了。「人各不同。為個人的工作業務努力是第一要務，但偶爾，面對鄰人可悲卻堅定不移的自尊心，還是要佯裝不知，給予溫暖。」

碧眼托鉢

——下雪的早晨連馬都成美景[1]——

論波特萊爾

「我要針對波特萊爾寫點短文。」

我若無其事地到處告訴眾人。於我而言，這是我對波特萊爾無言的、至死的執拗抵抗。一旦將最後的告白說出口，我還能針對他寫甚麼。從我的文學生活開始，乃至結束，想必都只是對波特萊爾，僅僅只是對他的，充滿嘲諷的獨白。

「現在，二十七、八歲的波特萊爾如果生活在日本。」

1 這是芭蕉的俳句。意思是說就連平日看慣的馬，在一片銀色世界的下雪早晨，看起來都有特別的風情。

這是讓我活下去的唯一一句話。

又及，若想更深入了解，讀者必須先看完我的作品全部。我將再次保持絕對的沉默。不逃避。

資產階級藝術的命運

我從未見過農民、工匠的藝術。只有查爾斯—路易．菲力普[2]讓我滿心震驚。我——不，是人們，似乎把所有階層的藝術一概稱為藝術。以下的說法得以成立。「創造那個的藝術家，越有錢越好。不然就得有遠甚於人的商業手腕（這並不可恥），畫作或文章賣出的價錢比人高出一截，才能有豐沛的精神專心創作。然與天才相比，此乃二流也。」

定理

痛苦越多，相對地，回報就越少。

我畢生的心願

寫出足以驚天動地、極度光明正向的成功美談，一篇就好。

吾友

一旦脫口而出就完了，會自這世間徹底遭到埋葬。那種藏在心頭最深處的祕密，你，想必也有三、四個。

---

2 查爾斯—路易・菲力普（Charles-Louis Philippe，一八七四—一九〇九）：法國寫實平民派作家。

杜鵑啼血令憂愁的我備感寂寥[3]

《日本浪漫派》十一月號刊載北村謙次郎的創作〈終日〉。絕對的沉默。不動的庭石。豔陽高照卻有寒冷秋風。嗚呼，踽踽獨行。如果被我以上的敘述影響，或者稍微有一絲動心，請務必閱讀〈終日〉。我深切期待他的書出版。

論菲力普的骨格

淀野隆三將他翻譯的菲力普短篇集《於小鎮》（*Dans la petite ville*）寄了一本給我。上個月，無論是誰的小說集我都不想看。看了田中寬二的《*Man and Apes*》，經本《真宗在家勤行集》。也特意費力地看了T．S．艾略特這個讓人只想當面大罵笨蛋的傢伙的文學論集，保田與重郎寄來伊東靜雄的詩集《給吾人的哀歌》。我認定「吾人」就是我，又看了一遍，還有達文西與米開朗基羅的評傳各一冊，米開朗基羅這本是重讀，還有生田長江的散文集。以上就是上個月認真看的全部書籍。另外，還翻閱了十本純文藝冊子。這個月，開始看牧水全集中的遊記部分。收到菲力普的《於小鎮》就是在這時候。於是決定看看。看完了，又想再看一遍。淀野隆三的文章的確漂亮，甚至有種優雅溫婉的氣質。

菲力普。此人絕非可愛的作家。法國以前的小說家中，我敬畏的是梅里美。另外，勉強可再算上菲力普。除此之外的我認為不值一提。淀野隆三或許眼光頗嚴格，無論這本書之前或之後，幾乎都沒提過原作者菲力普。那麼，我就秉持駑馬之勇，談談他這個人吧。以下我所敘述，乃針對其人骨格也。不可與他的小說混為一談，也不見得與他那細膩的文章一致。

試觀查爾斯—路易．菲力普對朋友說過的話。他二十五歲時說，「昨日，我像野獸一樣哭嚎。」「我們彼此能否成為大作家，誰也不知道，但至少，我敢斷言一件事。我們屬於即將誕生的新時代。就像是早在耶穌誕生前，便已說

---

3 此句出自芭蕉的《嵯峨日記》。

中耶穌將出現的預言者。」「我要小聲說，一想到米開朗基羅與老但丁，我就渾身發抖。還有尼采也是。」「我看了杜斯妥也夫斯基的《白痴》。這才是道地的野蠻人的作品。我也要寫。」他寫出了小說《蒙帕那斯的布布》（*Bubu de Montparnasse*）。「你對布布的報導，讓我很開心。但你忘了我的強悍。我擁有執拗的抵抗力與勇氣。在我們的朋友之中，我想必才是最強的男人。朋友們也都這麼說。我甚至擁有猛烈的意志喔。」「也許比起杜斯妥也夫斯基我更近似尼采。」「以我二十八歲的年紀，已經過了我的一半人生。可別忘記還有另一半。如今我清楚展現的這一半，是我刻意而為。是我主動上緊了我的發條。希望你記住，這才是勇氣，是力量。」「說穿了很簡單，我就是市井的正義派。」他對年輕稚嫩的文學青年紀德說：「快點像個男人吧。明確決定你要站在哪一邊！」

紀德發表演說：「各位淑女紳士們。查爾斯－路易．菲力普雖向我們允諾絕倫的力量與未來，卻於去年十二月，年僅三十四歲便離開人世。」

他是擁有嚴肅那一面的大文豪。不是那種避世獨居的風流隱士。三十四歲死去的他，沒有五、六十歲的大作家那種旁若無人一成不變的大量著作累積，因此人們未能發現他那堪與雨果、巴爾札克匹敵的威嚴，某個「勇敢」的日本男人，甚至稱他為金絲雀。

淀野隆三翻譯的《於小鎮》出版，讓我大喜過望，所以似乎興奮過度了。請見諒。因為我並無惡意。如果還是不肯原諒，那就改日再容我就此明確解釋。

論某男子的修行

「我急紅了眼，一心只追求真實。現在我追到真實了。我超越它了。而我還在繼續奔跑。真實，現在似乎跑在我背後了。這可不是笑話。」

活下去的力量

將已經厭煩的電影看完的勇氣。

我唯一的恐懼

仔細想想，我們光是可以這樣寫文章，就已算是很幸福了。問題是萬一錯了——

一成不變

我曾論及睿智的空虛。換個說法，是提到作家寫這種感想有多麼荒謬。無論是〈思考的蘆葦〉或〈碧眼托鉢〉，都只不過是逃避的藉口，身為作家的男人，月復一月擠出這種斷片式的文字，一成不變地累積，並不值得讚許。

「說得好。」
「他很用功。」
「原來如此，他很痛苦。」
「瘋狂的靈感。」
「夠犀利。」
「一針見血。」
以上這些讚美，我想分別歸還給每個人。那大抵都是令人寒毛豎立的說詞。

我天生就喜歡熱鬧，目前為止，每月都會勉強擠出五、六篇所謂的感想絮語刊登在這本雜誌上。然而世間有許多像雨蛙一樣完全缺乏羞恥心的男人（這是我的新發現），最近，好像也開始有人刻意在我周遭發表一些感想片段，試圖展現「瘋狂的靈感」給我看。彷彿那是成為優秀作家的條件。

能夠明確說出的事，就算說得再怎麼明確也永遠不嫌說過頭，因此就算沒有展現「瘋狂的靈感」其實也別無大礙。如果這是我的〈思考的蘆葦〉播下的種子，那我只能苦笑著剷除。因為那絕非好事。那肯定會是無論白花、紅花或藍花，任何花朵都不會綻放的可悲雜草。

我並非和誰勾結才寫這篇文章。我向來獨來獨往。而且我深信，我獨處時的模樣是最美的。

我對著那張彷彿想強調「我無所不知」，大肆誇耀睿智的馬臉發話：「而你，又做了甚麼？」

作家必須寫小說

一點也沒錯。如果這麼想，就該實際採取行動。就算看了《聖經》，也未必要發表那種研究心得。今天歸今天，明天自有明天的事。應該照那樣做。光是知道，毫無助益。因為大家都已經知道了。

打招呼

有個男人善於寒暄。頗有舌粲蓮花的味道。似乎把全部精力都放在那上面了。不覺得可恥嗎?柿右衛門蹲在爐灶前,與走過牆外道路的農民互道早安。農民心想,「柿右衛門打招呼的方式很客氣,很好。」而柿右衛門甚至不記得有農民經過。只記得「要保持高尚氣質」。

柿右衛門的無禮,應該原諒嗎?如果模仿藤村的說法,「藝術之道,艱難如斯。年輕人啊。對此再怎麼敬畏都不為過。」

論正派

我本來已下定決心,除了小說以外的文章甚麼也不寫,但某晚,我忽然念頭一轉。那樣未免太像個正派的好人。就算是為了配合大家的步調也罷,我不得不故意誤入歧途,時而扮演好色之徒,時而必須對並不好笑的事情捧腹大笑。因為有所謂的制約。雖然痛苦，我想，還是得像個人一樣繼續寫下去才是真的。

於是我重新端正心思執筆，話說，好歹是要當作家的人，像這種感想文，應該在扣上背心的兩三顆鈕扣之際就信手拈來，不必費時太久。感想文這種東西，只要想寫，要寫得多有趣都沒問題，而且源源不絕要寫多少就有多少，沒必要那麼慎重其事。剛才看了蒙田的《隨筆集》，實在很無聊。整本都是冠冕堂皇的大道理。難道只有我一人從中嗅到日本說書那種宣揚忠孝節義的味道嗎？蒙田閣下。您好像頗有正派想法，卻也因此，遠離了文學。

孔子曰，「君子和而不同，小人同而不和。」文學的可笑，肯定就在這小人的悲慘。不妨看看波特萊爾吧。再想想葛西善藏的一生吧。有覺悟的正派君子，即便看小說話本，似乎也能從中得到充分的慰藉。可於我而言，那是無緣的眾生。有覺悟又有正派的人格，整天愉快地撰寫毫不懷疑的感想文，還管他甚麼作家不作家啊。就此淪為所謂的社會名流之一。我忽然無來由地懷念起那個瞬息萬變、處處都是醜態百出、一點也不正派不像樣的《附魔者》的作者了[4]。輕薄才子不亦宜乎。誇張失敗之可貴啊。醜陋慾念之尊貴啊。（若我真想變成正派的好人，隨時都做得到喔。）

Confiteor（懺悔）

去年年底，難堪之事連著發生三起，我是名符其實火燒屁股地衝出家門，徘徊湯河原與箱根一帶，等我要從箱根的山上下來時，身上已無旅費，遂決心徒步前往小田原。道路兩旁是橘子園，沿途有數十輛汽車呼嘯而過。我甚至無法仰望四周的群山。只能像野獸一樣垂首步行。「大自然」的嚴酷壓得我幾乎窒息。我像衛生紙一樣變得皺巴巴，然後被人揉成一團，隨手扔掉。

這次旅行，於我而言是一帖良藥。我想看人類力量展現的良好成果，旅行那一個月，把帶來的書一一重讀。不是我吹牛，每本我都看不到十頁。有生以

4 《附魔者》是杜斯妥也夫斯基的長篇小說。

來，第一次體驗到祈求的心情。

「請讓我遇見好書。請讓我遇見好書。」

然而並無好書。甚至還有兩三本小說激怒了我。唯有內村鑑三[5]的隨筆集，在我的枕畔待了一星期左右。我本想從那本隨筆集引用三言兩語，但我做不到。因為我發覺恐怕得全部引用。它和「大自然」一樣，是可怕的書。

我必須坦承，我的確被這本書牽著鼻子走。一方面也是因為對《托爾斯泰福音書》很反感，於是更加拜倒於這本內村鑑三的信仰之書。現在的我，只有螻蟻般的沉默。我似乎已朝信仰的世界踏入一步。就只是這樣的男人。沒有更多的美好，也沒有更多的卑劣。

啊，語言的空虛。對饒舌的困惑。一切皆如你所言。你甚麼都不用說了。是的，我相信上天自有安排。相信天國將至。（出於謊言的真實。出於自棄的信仰。）

在《日本浪漫派》一周年紀念號，我寫出以上這篇真實無偽的告白。這樣如果還不行，唯有一死而已。

吧。

頹廢之子，自然之子

太宰治這人很簡單。誇獎他就對了。就誇他「太宰治本身就是『自然』」吧。

以上三則，是在入院前一晚寫的。這次住院決定了我的人生。

5　內村鑑三（一八六一－一九三〇）：日本的基督教思想家、文學家、傳道人、聖經學者。提倡日本獨自的無教會主義。

葉[1]

身為神選中的寵兒，
我欣喜恍惚又不安。

——魏倫[2]

我本來很想死。但今年正月別人給我一件衣服。是當作新年紅包。衣服是麻質的。綴有鼠灰色細條紋。大概是夏天的衣服吧。我決定那就活到夏天好了。

1 本篇為太宰從《晚年》之前的早期作品及淘汰的小說中，挑出不捨得扔棄的片段，沒有明確的故事連貫性，猶如片片碎葉。
2 魏倫（Paul Verlaine，一八四四—一八九六）：法國象徵派詩人。

諾拉[3]也在思考。來到走廊關上身後那扇門時，她在思考。是否該回去？

我如果沒做壞事就回家，妻子會以笑臉迎接。

只是有一天算一天地過日子。在旅社獨自喝酒，獨自醉倒，然後自己悄悄鋪被子睡覺的夜晚格外痛苦。甚至沒作夢。已經累壞了。提不起勁做任何事。還買了《如何改良掏糞式廁所》這本書回來認真研究。當時，他對傳統處理糞便的方式相當受不了。

在新宿的人行道上，看到拳頭大的石塊慢吞吞爬行。「石頭在爬行呢。」他只有這個感想。但他隨即發現，那塊石頭原來是被走在他前面的骯髒小鬼拿繩子綁著拖行。

他的落寞並非因為被小孩欺騙。而是對自己連那種不可能發生的異常現象也不當回事的自暴自棄感到落寞。

這樣的自己，恐怕一輩子都得與這種憂鬱格鬥，然後就此死去吧，這麼一想甚至覺得自己很可憐。青青稻田霎時變得朦朧。因為已淚眼模糊。他很狼狽。為這麼廉價的殉情痛哭流涕讓他有點難為情。

下電車時哥哥笑了。

「幹麼這麼沮喪。喂，打起精神來。」

然後拿扇子敲了一下龍的窄肩。暮色中，那把扇子白得可怕。龍開心得滿臉通紅。他很高興哥哥拍他肩膀。如果每次都能靠這招化解隔閡就好了。他懷抱著渺茫的希望如此祈求。

要拜訪的人不在。

哥哥是這麼說的：

「我不認為小說無聊。我只是嫌它有點溫吞散漫。只為了敘述一行真實就

3 諾拉：易卜生劇本《玩偶之家》的女主角。諾拉的出走被視為女性覺醒的象徵。

要醞釀一百頁的氣氛。」

我欲言又止，一邊思考一邊回答：

「的確，文字越精簡越好。如果光靠寥寥數語便能讓人信服該多好。」

而且哥哥很反感自殺，認為那樣很任性。但我正覺得自殺頗似一種充滿算計的處世之道，因此對哥哥這番話感到很意外。

老實招認吧。啊？你在模仿誰？

水到渠成。

十九歲那年冬天，他寫了〈哀蚊〉這個短篇。那是好作品。同時，也成了破解他混沌生涯的關鍵。就文章形式而言，可以看出〈雛〉[4]的影響。但是文中表達的是他個人的心境。原文如下。

我見過可笑的幽靈。那是我剛上小學不久的事，所以八成已像幻燈片一樣朦朧不清。不過，奇妙的是，那猶如映在輕紗帳上的幻燈片般模糊的回憶，似乎一年比一年清晰。

好像是姊姊成婚時，對，正好是當晚的事。就是婚禮那個晚上。大批藝妓來到我家，我記得一名美麗的藝妓學徒還替我縫補禮服脫線之處，父親在偏屋漆黑的走廊與高挑的藝妓們玩相撲也是在當晚。父親翌年就過世了，如今已成了掛在我家客廳牆上的大照片之一，每次看到這張遺照，我總會想起那晚的相撲。我的父親絕對不會欺負弱小，所以那次相撲，想必也是藝妓們做了甚麼非常嚴重的錯事，父親才會懲戒她們吧。

我左思右想了半天，確定就是婚禮那晚沒錯。真的很抱歉，但是一切就像投影在輕紗帳上的幻燈片般模糊不清，所以無法做出令您滿意的敘述。若說是作夢——不，那晚阿婆對我講述〈哀蚊〉這個故事時的眼神，還有幽靈，唯獨那個，不管別人怎麼說，絕對絕對不可能是作夢。怎麼可能是作夢，那分明歷

4 〈雛〉是芥川龍之介的作品。

歷浮現眼前。就是阿婆的眼睛。以及那個。

是的。天底下再也找不出我阿婆這樣美麗的老人家。她已於去年夏天過世，說到她的容貌，真是美極了。白蠟般的雙頰，彷彿可以倒映夏日的青青樹影。明明那麼美，卻命中缺少姻緣，一輩子都無法沾上鐵漿[5]。

「我就是以這萬年白牙為餌，才打造出這百萬身價喔。」

她生前經常用唱富本歌謠練出來的沙啞嗓音這麼說，因此這其中或許也有甚麼有趣的故事吧。請勿不解風情地打探究竟是何緣故。否則阿婆會哭的。之所以這麼說，是因為阿婆非常風雅纖細，生前總是披著綴有刺繡花紋的皺綢大褂不離身。請師傅來家裡教授富本歌謠，想必也已有不少年了。打從我記事起，天天都在阿婆那不知是吟唱〈老松〉還是〈淺間〉的嗚咽哀調中聽得入神，旁人都起鬨說阿婆是退隱的藝妓，阿婆自己聽到這種說法時，據說也會露出美麗的笑容。不知怎地，我從小就特別喜歡阿婆，只要一離開奶媽就會立刻投向阿婆的懷抱。不過，我的母親體弱多病，本就不常陪伴小孩。我的父母都不是阿婆的親生孩子，因此阿婆很少去我母親那邊坐，整天都待在她位於偏屋的房間，我也緊跟在阿婆身邊，往往三、四天沒見過母親也是常事。因此阿婆疼愛我遠勝於我的姊姊，每晚都會講民間故事給我聽。其中，聽到那個賣菜七娘[6]的故事時那種激動，至今仍能回味不已。還有阿婆故意逗我，喊我「吉三」、「吉三」時那種開心。油燈的橙黃燈火下，阿婆沉靜朗讀話本故事的美麗身影，歷歷如在眼前。

尤其那晚的〈哀蚊〉這個睡前故事，不可思議地令我難以忘懷。說到這裡才想起，當時正值秋天。

「能夠活到秋天的蚊子就叫做哀蚊。可不能拿蚊香薰喔。蚊子太可憐了。」

啊啊，字字句句我都還記得。阿婆當時躺著用悲傷的語氣這麼說，對了，阿婆抱著我睡覺時，總是把我的雙腳夾在她兩腿間替我暖腳。某個寒冷的夜

---

5 鐵漿：日本在明治時代以前，已婚婦女的化妝方法，就是用鐵漿染黑牙齒。

6 賣菜七娘的故事是描述菜販的女兒阿七因家中失火去寺廟避難時，邂逅一名男子，事後為了再見情郎竟然縱火釀成大禍，因此遭判死刑。阿七的情郎據說就叫做吉三郎，或稱為吉三。

晚，她甚至把我的睡衣全都脫掉，自己也裸露潔白發亮的肌膚，抱著我睡替我取暖。阿婆就是這麼疼愛我。

「總覺得，哀蚊就是我啊。渺小無助……」

她邊說邊仔細看著我的臉，我再也沒見過那麼美的眼睛。主屋那邊慶祝婚宴的熱鬧聲響，此刻已經完全安靜了，畢竟已近深夜。秋風蕭蕭吹過遮雨板，簷下的風鈴每次都隨風發出低吟也令人發起幽思。對，我就是在那晚看到幽靈。我忽然醒來，嚷著要尿尿。卻未聽見阿婆的回應，我睡眼惺忪地四下張望，卻到處都找不到阿婆。雖然有點害怕，我還是自己悄悄鑽出被窩，提心吊膽地沿著發出烏光的櫸木地板長廊走向廁所，腳底板異樣冰冷，但我很睏，彷彿在濃霧中緩緩泅泳，就在這時候。我看到幽靈。長長的走廊角落，蹲著白濛濛的東西，由於距離遙遠，看起來就像照片一樣小，但的確是幽靈，它的確是在偷窺姊姊和她今晚的新郎就寢的房間。是幽靈，不，這不是夢。

藝術之美，到頭來就是為市民奉獻之美。

有個為花痴狂的木匠。礙事。

然後，真知子垂眼如此囁嚅：

「你知道那種花叫做甚麼嗎？手指一碰就會爆開，噴出骯髒的汁液，立刻腐蝕手指。要是知道那種花叫做甚麼就好了。」

我嘿嘿笑，雙手插在褲子口袋回答：

「那妳知道這種樹叫做甚麼嗎？葉子直到凋落仍是綠的。只有葉片背面乾枯被蟲啃食，卻被悄悄掩藏，直到凋落仍假裝青翠。要是知道那種樹叫做甚麼就好了。」

「死？你要尋死嗎？」

小早川想，此人或許真的會死。記得是去年秋天吧，青井家發生佃農爭議，一時之間好像各種麻煩都降臨在青井身上，當時他也企圖服藥自殺，甚至昏睡了整整三天。就在不久前也是，他說，「我之所以不肯停止放蕩，說穿了是因為我的身體還經得起放蕩吧。如果變得像閹人一樣，我就可以避開所有的感官享樂，專心做好抗爭運動的財政輔佐工作了。」於是他據說連續三天前往P市醫院，喝那棟傳染病房大樓旁的陰溝汙水。結果只是稍微拉肚子，計畫失敗了。事後聽到青井紅著臉這麼招認，小早川對那種知識分子的把戲感到格外不快，但，不可否認的是，青井如此絕望尋死的心情也深深打動了他的心。

「能死是最好的。不，不只是我。至少那些有礙社會進步的人全部都該去死。要不然，難道有甚麼科學上的理由不許那些礙事者通通死光嗎？」

「荒、荒唐！」

小早川對青井的主張突然感到可笑。

「不可以笑。本來就是嘛，你想想看，到目前為止我們被教育的，都是為了祭祖所以必須活著，或者必須完成人類文化等等非常倫理性的義務。並沒有得到任何科學上的解釋。既然如此，我們這些造成負面影響的人通通死了最好。死了就一切歸零。」

「笨蛋！你胡說甚麼！歸根究柢，你想得太天真了。的確，你我都是不事生產的人。但就算如此，也絕不代表我們過著阻礙社會進步的負面生活。你真的希望無產階級解放嗎？你相信無產階級的勝利嗎？雖有程度上的差別，但我們都寄生於資產階級。這點千真萬確。可那和支持資產階級是截然不同的兩回事。你說是一分貢獻給無產階級，九分貢獻給資產階級，但你所謂貢獻給資產階級的是甚麼？若就特地養肥資本家的荷包這點而言，我們和無產階級其實都一樣。住在資本主義經濟社會如果就代表背叛，那麼抗爭者是要當神仙嗎？那種話才真的是太偏激。是幼稚病。有一分對無產階級的貢獻，就已足夠了。那個一很尊貴。就為了那個一，我們必須努力活下去。而且那就是道地的正面生活了。去尋死太傻了。去尋死太傻了。」

有生以來第一次拿到數學課本。是小型版本，封面漆黑。啊，裡面的數字排列看起來多麼美妙啊。少年把玩了半晌，最後，赫然發現最後一頁有全部解答。少年蹙眉咕噥：「太沒規矩了。」

外面雨雪紛飛，列寧雕像你在笑甚麼呢。

姑姑說：

「你長得不好看，所以至少態度要親切一點。你的身體虛弱，所以至少得精神抖擻。你擅長說謊，所以至少行為必須規矩。」

明明知道還強迫人家表白。這是多麼陰險的懲罰。

那是滿月的夜晚。粼粼波光破碎，扭曲，逆轉，洶湧起伏的浪花中，彼此雙手緊握不肯分開，為了發洩痛苦我故意甩開手，女人頓時被巨浪吞沒，高聲呼喊。可她呼喊的不是我的名字。

我是山賊。我要奪走你們心中的偽善與虛榮。

「我想應該不至於發生那種情形，雖然不至於，不過，萬一真要替我豎立銅像時，我的銅像右腳要向前半步，微微挺胸，左手插在背心中，右手緊握寫壞的稿紙，而且不要安裝腦袋。不不不，那沒有任何特殊涵義。我只是不想讓鼻頭沾滿鳥屎。還有銅像的底座，記得刻上這句話：『這裡有個男人。活過，死了。終其一生都在撕毀寫壞的稿紙。』」

書中說惡魔梅菲斯特是被紛飛如雪的玫瑰花瓣燒灼心口臉頰手心而死。

我在拘留所待了五、六天，某天中午，我從拘留所的窗口伸長脖子向外看，只見中庭沐浴和煦的春陽，靠近窗口的三棵梨樹都零零星星開花了，二、三十名警察正在樹下接受訓練。在年輕的警官命令下，大家一齊從腰部取出逮捕犯人用的繩子或是吹哨子。我望著那一幕，思考每位警察的家庭。

我們在山中溫泉區舉行前途未卜的婚禮。母親一直吃吃笑。母親辯解說她是在笑旅館女服務生的髮型太奇怪。她想必很高興吧。沒念過甚麼書的母親，把我們叫到火爐邊殷殷訓勉：「你的心智年齡才十六——」她說到一半，大概是失去自信，連忙偷窺更沒念過書的新娘子，徵求對方的同意：「對吧？沒錯吧？」母親說的話，其實是對的。

教育妻子，費了整整三年。教育完成後，他開始考慮尋死。

病妻，停滯的雲，鬼芒草。

紅通通的火光濃煙滾滾，扭呀扭的像長蛇衝上天哪，膨脹壯大，冉冉飄散，迎面遇上大浪，不停打轉盤旋，沒過多久，火舌不再四處流竄，發出轟隆地鳴開始爬上山坡嘍，看那山啊，直到山頂都被照亮如萬燈籠[7]哪。穿梭在燃燒的成千上萬棵寒冬枯樹之間，載人的大黑馬啊，風馳電掣。（採用故鄉的方

言）

只要知會我一句話就好！「Nevermore」

天空蔚藍的晴天，一隻貓不知從哪跑來，臥在院子的山茶花下打瞌睡。畫西畫的友人問我，那是波斯貓吧？我答曰，應是旁人遺棄的流浪貓。貓不肯親近任何人。某日，我在烤早餐要吃的沙丁魚，院子的貓憂鬱地嗚咽。我也走到簷廊邊喵了一聲。貓爬起來，安靜地朝我走來。我扔了一尾沙丁魚過去。貓雖然擺出逃跑的架式還是吃掉了。我的心頭思潮起伏。或許我的愛情得到寬宥了？我想撫摸貓的白毛，走下院子。可我一碰貓背上的毛，貓就狠咬我的小指指腹深及骨頭。

---

7 萬燈籠（mandoro）：津輕地區方言將「渾圓的（manmaruno）」說成「mandoro」，也就是指滿月。也有人說是形容月光明亮如萬盞燈籠。

我想當演員。

昔日的日本橋長達六十八・六公尺，如今只有四十九公尺。顯然是這條河流變窄了。以前無論是河流或人，都比現在寬宏。

這座橋，是很久很久以前於慶長七年開始架設的，之後重建了十次，現在這座橋落成於明治四十四年。大正十二年發生震災時，裝飾在橋欄杆上的青銅飛龍，翅膀被火焰燒得通紅。

我兒時喜愛的木版印刷東海道五十三所驛站雙六遊戲圖，就是以這裡為起點，眾人各持長槍走在這橋上的畫面，看起來非常安穩和諧。以前想必非常繁華，如今卻已沒落了。魚市場遷到築地後，更是連名字都被人遺忘，現在，一般介紹東京名勝景點的風景明信片上已看不到這個地方。

今年十二月下旬某個濃霧的夜晚，一名外國女孩脫離大批乞兒獨自佇立在這橋畔。賣花的就是這個女孩。

大約三天前，每到黃昏時分她就會拿著一束花搭電車前來，在腳踩東京市圓形徽章的青銅獅子雕像下，默默佇立三、四個小時。

日本人有種壞毛病，只要看到落魄潦倒的外國人，立刻認定人家是白俄人。現在，看到一個小孩子拿著花佇立在這濃霧中，對手套的破洞耿耿於懷，大部分日本人肯定會隨口嘀咕：「啊呀，又是俄國人。」而且，如果是看過契訶夫作品的青年，還會武斷地認定孩子的父親是退役的陸軍二等上尉，母親是傲慢的貴族，同時忍不住稍微放慢腳步。至於那種剛開始看杜斯妥也夫斯基作品的學生，說不定還會大叫一聲「咦，涅莉[8]！」慌忙豎起外套的領子。但是也僅只於此了，絕對不會更進一步去探索女孩的情況。

然而，某人在想。為何選擇日本橋？在這種人煙稀少的昏暗橋上賣花，明明並不恰當——為什麼？

這個疑問，得到了雖簡單卻頗浪漫的解答。那是來自她的父母對日本橋的幻影。純粹來自他們認定「日本最熱鬧最好的橋一定就是日本橋」這個天真的

---

8 指杜斯妥也夫斯基在《被侮辱與被損害的人》中塑造的少女涅莉。

判斷。

女孩在日本橋的生意非常冷清。第一天，只賣了一朵紅花。顧客是舞女。舞女選了正要微微綻放的紅色花蕾。

「這玩意會開花吧？」

舞女問得很粗魯。

女孩明確回答：

「會開花。」

第二天，醉醺醺的年輕紳士買了一朵。這個客人雖然醉了，神情卻很憂愁。

「隨便哪朵都行。」

女孩聽了，從昨天賣剩下的花束選出一枝白色的花蕾。紳士像偷竊般悄悄接下。

生意僅此而已。第三天，也就是今天。她在冷霧中站了很久，始終乏人問津。

橋對面的男乞丐拄著拐杖越過電車道走來，為了爭奪地盤向女孩挑釁。女孩三度鞠躬。拐杖乞丐咬著黑漆漆的鬍鬚思索。

「只能到今天為止喔。」

他低聲警告，隨即又消失在濃霧中。

女孩不久便開始收拾準備離去。她甩動花束。從花店討得不要的殘花敗葉出來兜售，已有三天了，所以花已經枯萎。垂頭喪氣的花朵，隨著每次搖晃，一起抖動腦袋。

她悄悄將花夾在腋下，畏寒地縮起肩膀走進附近的拉麵攤。

她連續三晚都是在這兒吃餛飩。這攤子的老闆是中國人，把女孩當成一個普通客人。這讓她很高興。

老闆一邊包餛飩皮一邊問：

「花賣掉了嗎？」

女孩瞪圓著眼回答：

「沒有……我要回去了。」

這句話，打動了老闆。要回國了。肯定是。老闆美麗的禿頭輕輕搖了兩三下。想到自己的故鄉，他從鍋中撈起餛飩。

「這個，不對。」

低頭看著老闆給的裝餛飩的黃色小碗，女孩困惑地如此咕噥。

「沒關係。叉燒餛飩我請客。」

老闆不自在地說。

餛飩要價十錢，叉燒餛飩二十錢。

女孩囁嚅半晌，最後，把餛飩碗往旁一放，從手肘旁的花束抽出一支綴有大花苞的草花，遞給老闆。意思是要送給他。

離開麵攤後，去電車站的途中，她開始深深後悔把即將枯萎的花交到三人手中。隨即突然在路旁蹲下。她在胸前畫十字，喃喃說著旁人聽不懂的話開始激動祈禱。

最後她說了二句生硬的日文。

「請保佑開花。請保佑開花。」

生活安樂時，作絕望之詩；失意受挫時，寫生之歡愉。

春日已近乎？

反正早晚要死。唯一的心願就是寫一篇足以瞑目安眠的好小說。男人開始如此祈求，是在他一生中想必最煩惱的時期。男人絞盡腦汁苦思許久，終於將金箭射向希臘女詩人莎弗。可憐啊，那個才色兼備讓人傳頌至今的莎弗，正是唯一能夠讓這個煩躁的男人怦然心動的女人。

男人翻閱了一兩本關於莎弗的書，得知以下種種。

莎弗並非美女。膚色黝黑且暴牙。她痴心愛慕名叫法翁的俊美青年。法翁不懂詩。莎弗深信只要是為了愛情跳水自殺，縱然沒死成也可消除痴戀之苦的迷信說法，遂從盧卡迪亞的斷崖跳入怒濤駭浪中。

生活。

做好工作後
啜飲一杯茶
茶水的泡沫
將我的臉孔
一個又一個
清楚地映現
總會有辦法的。

微聲

除了相信別無他法。我老老實實相信。當某人根據浪漫主義，仗著夢想的力量，正雄糾糾氣昂昂地準備突破難關時，千萬不可講甚麼「算了算了，你看你的腰帶都鬆了。」這種潑冷水的忠告。信賴對方跟著走才是最正確的。命運休戚與共。無論在一個家庭或朋友之間，我想都是同樣的道理。

我認為無能去相信的國民終將失敗。默默相信、默默生活才是最正確的。與其對他人的事情指手畫腳，不如思考自己的德性。我想趁此機會更加深入考察自我。這是絕佳機會。

因為相信而失敗，我無怨無悔。那毋寧是永遠的勝利。因此即便遭人恥笑也不覺羞辱。但是，啊，還是希望相信能成功。這種歡喜！

比起受騙者，騙人者的痛苦更甚數十倍。因為會墜入地獄。

不要抱怨。默默相信，跟著走就對了。人說沙漠有綠洲。要相信浪漫。支持「共榮」吧。該相信的，別無其他。

蔑視天真是最容易的。人們意外地生活在天真中。一邊嘲笑他人的天真，一邊又想把自己的天真當成美德。

「生活是甚麼？」

「是忍受寂寥。」

自我辯解是敗北的前兆。不，是已經敗北的姿態。

「敗北是甚麼？」
「是對惡諂笑。」
「惡又是甚麼？」
「是無意識的毆打。有意識的毆打不是惡。」

議論，往往是想要妥協的熱情。

「自信是甚麼？」
「是看著未來的燭光時，心靈的模樣。」
「現在的呢？」
「那個不管用。很蠢。」
「你有自信嗎？」
「有。」

「藝術是甚麼？」
「是紫羅蘭的花朵。」
「無聊。」
「的確很無聊。」

「藝術家是甚麼？」
「是豬鼻子。」
「這麼說太過分了。」
「鼻子知道紫羅蘭的芳香。」

「今天好像狀況不錯喔。」
「是的。藝術，就是靠當下那一刻的狀況完成。」

輯二　情怯

所謂的故鄉，就像是淚痣。
如果認真計較起來會沒完沒了。

列車

一九二五年在梅鉢工廠這個地方製造的C五一型火車，包括在同一工廠同一時期製造的三等客車三節，餐車、二等客車、二等寢台車各一節，另外還有載運郵件及貨物的貨車三節，總計九節車廂，載著超過二百名的乘客及十萬件以上的郵件乃至與之相關的許多心痛故事，風雨無阻，只要到了午後二點半，就會發動蒸汽引擎從上野開往青森。有時也會有眾人高呼萬歲送行，或是揮舞手帕惜別，或者在嗚咽中接受不祥的餞別。列車編號是一〇三。

光看列車編號就不舒服。從一九二五年迄今，已有八年時間，期間這輛列車不知摧毀過幾萬人的愛情。光是我個人，就因這列車有過痛苦的經歷。

那是去年冬天。汐田送阿鐵返鄉時的事。

阿鐵與汐田同鄉，從小青梅竹馬，我與汐田則是高中住同一間寢室的好哥們，因此有機會得知這段愛情故事。阿鐵是窮人家的女孩，家境比較富裕的汐田家不同意二人結婚，於是汐田和父親爆發激烈的爭執。起初吵架時，汐田激動得幾乎暈厥，最後甚至還流鼻血，但就連那樣愚蠢的插曲，都讓年輕的我異樣感動。

後來我和汐田都自高中畢業，一起進入東京的大學就讀。轉眼過了三年。這段期間，對我來說是艱難歲月，但汐田似乎並非如此，每天都過得很逍遙。我起初租的房子離大學很近，所以汐田剛入學時也來過兩三次，但是環境和思想都明顯漸行漸遠的二人，自然不可能再繼續以前那樣毫無隔閡的友誼。或許是因為我自己個性彆扭吧，但是當時年輕的阿鐵如果沒有來東京，汐田想必是打算就此永遠疏遠我。

汐田與我和平斷交後的第三年冬天，突然來到我位於郊外的家，告訴我阿鐵來東京了。阿鐵等不及汐田畢業，獨自逃來東京找他。

當時我和某個沒念過書的鄉下女人結婚，已經逐漸失去為汐田的戀情感動的青澀純真，所以汐田的突然來訪雖令我有幾分無措，但我沒忘記看穿他來訪的真正意圖。對著知己吹噓一個少女的蹺家投奔，不知令他的自尊心得到多大的滿足。他的得意讓我很不愉快，甚至懷疑他對阿鐵的真心究竟有幾分。很遺憾，我這個懷疑果然是對的。他頻頻在我面前表現狂喜與感激後，居然皺起眉頭，小聲問我該如何是好。我對他那種遊戲人間的態度已毫無同情，因此我直截了當說穿了汐田的心思：「看來你也變聰明了呢，既然你在阿鐵身上已感覺不到昔日的愛意，那麼除了分手別無選擇。」汐田聽了，嘴角微露笑意，說聲「可是」，就此陷入沉思。

過了四、五天後，我收到汐田寄來的限時通知。那張明信片上，簡單寫明基於友人們的忠告，為了彼此的將來著想，決定送阿鐵返鄉，阿鐵預定搭乘明日二點半的火車回去。雖然沒人拜託我，但我當下決定要去替阿鐵送行。我就是有那種容易衝動用事的可悲習性。

翌日一早就下雨。

我催促不情願的妻子，一同前往上野車站。

那輛一〇三號列車，正在冷雨中噴吐黑煙等待發車時刻的到來。我們邊走邊仔細搜尋列車的每個窗口。阿鐵坐的是緊靠蒸汽車頭的三等車廂。三、四年前在汐田的介紹下雖然見過一次，但是後來她的臉變得很白皙，下巴也變得很圓潤。阿鐵也沒忘記我，當我出聲喊她，她立刻從車窗探出上半身開心地回禮。我把妻子引見給阿鐵。我特地帶妻子來就是因為妻子也和阿鐵一樣是出身貧寒的女子，如果需要安慰阿鐵時，我自以為是地認定妻子肯定比我更能採取適切的態度與言詞。沒想到，我被徹底出賣了。阿鐵和我的妻子只是默默像貴婦般行禮如儀。我感到很尷尬，忍不住拿洋傘的傘柄喀喀喀敲打車廂側邊用白漆寫的 SUHAFU134273（不知是甚麼符號）這行小字。

阿鐵和我的妻子針對天氣交談了三言兩語。對話結束後，大家越發無所事事。阿鐵不停將規矩併攏放在窗邊的十根圓潤手指時而彎曲時而伸直，眼睛定定看著某一處。我實在看不下去那種情景，遂悄悄離開阿鐵，在長長的月台上漫步徘徊。列車下方噴出的蒸汽化為冰冷的白煙，白濛濛地縈繞我的腳邊。

我在電子鐘的地方駐足眺望列車。列車被雨淋溼發出烏光。

從第三節的三等車廂窗口，我發現一個努力伸長脖子對著五、六名送行者惶恐鞠躬的蒼黑臉孔。當時日本已開始與某個國家打仗，那大概是被動員出征的士兵吧。我覺得自己看到不該看的東西，心口凝重得幾乎窒息。

幾前年我曾與某思想團體產生些許關係，不久便藉著不怎麼體面的藉口和那個團體分道揚鑣，但是現在，這樣凝視士兵，然後再望著即將灰頭土臉含辱返鄉的阿鐵，我發現自己的那種藉口已經無關緊要了。

我扭頭仰望上方的電子鐘。距離發車還有三分鐘。我無法忍受。想必人人皆如此，對送行者而言，再沒有比這發車前的三分鐘更難熬的東西。該說的話，已經通通都說了，只能空虛地大眼瞪小眼。更何況此刻這個場合，我甚至想不出任何該說的話。如果妻子是更精明能幹的女人，或許我還可以輕鬆一點，但是你看，我的妻子待在阿鐵旁邊，卻一臉賭氣打從剛才就乾站著默不吭聲。我只好鼓起勇氣走向阿鐵的窗口。

快要發車了。列車面對七百二十四公里的旅程蓄勢待發，月台騷動不安。我已自顧不暇無心再去關心他人前途，所以居然用了「災難」這種不負責任的字眼安慰阿鐵。可是，遲鈍的妻子卻在用她最近剛學到的微薄知識，低聲讀出列車側面那藍色鐵牌上，沾滿水珠的文字——FOR A-O-MO-RI（青森）。

厭酒

連續喝了二天酒。前晚，再加上昨天，連喝了二天，今早必須工作所以早早起床，去廚房洗臉時驀然一看，一升裝的空酒瓶有四瓶。等於二天喝了四升。當然，我不可能一個人喝掉四升。前晚難得有三個稀客大老遠來我這三鷹的陋屋，因此打從兩三天前我就開始坐立不安。其中一個W君，是初次見面。不不不不，不是初見面。彼此十歲時曾見過一次，但當時也沒講話，之後就這麼各分東西二十年。大約一個月前，《日刊工業新聞》這家平日與我無緣的報紙突然送來我家，我翻了一下，但是毫無可看性。為何會送報紙給我，令我一頭霧水。卑劣的我，甚至懷疑這是強迫推銷。妻子也特別提醒我，這件事太奇怪，因此她已擬定對策，叫我千萬不要撕破封帶就這樣放著，萬一事後上門來索取報費，就整疊還給人家。後來，報紙的封條上開始出現寄件人的姓名。是W。這個名字我壓根沒印象。我一再納悶思考，還是想不出個所以然。後來，報紙的封條上開始註明「金木町的W」。金木町是我從小生長的地方。是津輕平野中心地帶的小鎮。原來是基於同鄉之誼，才將自家報社的報紙寄給我。我終於恍然大悟，但我還是想不起來對方是甚麼樣的人。總之至少確定對方是出於好意了，因此我立刻寫明信片道謝。「我十年沒返鄉，現在和親人也音信不通，所以未能想起金木町的W先生，甚感遺憾。不知您是哪一位？雖然寒舍簡陋，有空時請來舍下小坐。」我記得應該大致是寫這樣的內容。連對方年紀多大都不知道，說不定是故鄉的大前輩，所以為了避免失禮，在遣辭用句方面我應該也有特別留心。後來我收到對方回覆的長信。我這才知道。原來是我家後面登記所的小少爺。如果說得正式一點，是青森縣地方法院金木町登記所所長的長子。小時候甚麼也不懂，只知道喊登記所、登記所。就在我家後面。W君比我高一個年級，所以我們沒有直接對話過，只記得有一次，他從登記所的窗口倏然露臉。我對那張臉驚鴻一瞥，唯有那張臉孔，二十年後的現在，依然沒有褪色，清晰殘留，讓我深感不可思議。我連W這個名字都不記得了，彼此之間也毫無恩怨，況且我連高等學校時代的朋友都忘光了，健忘症很嚴重，可是唯有W君當時從窗口倏然露出的圓臉，就像在漆黑的舞台上被一束聚光燈打亮，歷歷分明如在眼前。W君似乎也是個內向的人，恐怕和我一樣，很少出門遊玩吧。當時，我就只有那一次看到W君，但二十年後的現在，那一幕像是做成天然色照片保存似的仍清晰留在心頭。我試著在明信片畫出那張臉。我成功畫出了心頭的影像，很高興。我記得他臉上有雀斑。於是把那些雀斑也畫上去。看起來挺可愛的。我把那張明信片寄給W君。我說，如果搞錯了，那很抱歉，我鄭重道歉，但我還是忍不住想讓W君看看那張畫。然後，我又添上一筆：「十一月二日晚間六點左右，同樣來自青森縣的二位老友，預定來寒舍一遊，所以還請賞光，在那晚光臨。」我邀了Y君和A君二人，那晚來我這破房子玩。我與Y君，也有十年沒見面了。Y君人品出眾。是我中學學長。他本來就是感情豐富的人。之前消失了五、六年。那是一場大考驗。那幾年，我想他在監獄的獨居房好好修煉了一番。現在他任職某書房的編輯部。而A君是我的中學同班同學。他是畫家。在某宴會上，同樣也是睽違十年後倏然重逢，我非常興奮。記得我中學三年級時，有個惡劣的教師體罰學生，當他洋洋得意的瞬間，我朝那個教師輕蔑地大聲拍手。這下不得了。輪到我被揍得很慘。當時為我站出來的，就是A君。A君立刻召集同志，計畫發動罷課。最後演變成整個年級的大騷動。我嚇得渾身發抖。就在即將展開罷課時，那個教師偷偷來我們教室，結結巴巴地道歉。罷課就此取消。我與A君，擁有那段共同的懷念回憶。

光是Y君與A君連袂來我家玩，我就已萬分感激了，現在居然還能與W君在睽違二十年後重逢，因此我打從約定的三天之前就興奮不已，此時此刻我才深深感到，「等待」，還真是相當難受的心理。

我家有別人給的二升酒。我平常很討厭買酒放在家中。裝滿黃色混濁液體的酒瓶，甚至讓人感到不潔、猥瑣，為之羞恥，看了非常礙眼。廚房角落只要有那樣一支酒瓶，整個狹小的屋子好像都變得混濁，有種甜甜酸酸的怪異氣味，感覺怪心虛的。家裡的西北角，彷彿躲著異樣醜怪不潔的東西掀起旋風，我伏案寫稿時，似乎有種不安焦灼的心情讓我無法心無旁騖地沉思冥想，渾身不自在。總之就是坐立不安。

晚上獨自在桌前托腮思考種種，不免感到痛苦不安，有時會忍不住想喝點酒排遣那種心情，那種時候，我就會出門，去三鷹車站附近的壽司店匆忙喝點酒。那種時候，當然也想過家裡如果有酒會比較省事，但我就是對家中放酒耿耿於懷，明明不是那麼想喝，只是因為想把酒趕出廚房，於是大口牛飲一口氣喝光，因此我無法像常人那樣在家中儲備少量的酒，做不出那種偶爾小酌一杯的從容不迫的優雅作風。自然而然成了 All or Nothing 派，平日在家一滴酒也沒儲備，想喝酒時就去外面盡量喝，養成了這樣的習慣。即便友人來訪，大抵也是相約在外喝酒。因為我擔心說不定會出現不想讓家人聽到的話題，況且，酒自然不用說，我家連下酒菜也沒有，實在懶得麻煩，不如去外面喝。如果是很熟的朋友，而且事先知道對方哪天要來的話，當然可以預先準備，徹夜長談慢慢喝，但是那麼親近的友人寥寥無幾。如果關係真的那麼親近，就算下酒菜如何寒酸我也不覺丟臉，而且想必也不會出現我不想讓家人聽見的話題，所以我可以神氣活現，非常痛快地喝酒，可是那樣的好機會頂多二個月一次，剩下的，多半是人家突然來訪令我手忙腳亂，只好出門喝酒。不管怎麼說，還是和真正親近的人在家慢慢喝酒最愉快。家裡正好有酒時，親近的人如果忽然來訪，我會非常高興。有朋自遠方來這句話，不由湧上心頭。然而，我不知道朋友幾時會來。如果隨時備妥酒水等待，我會坐立不安。平時我一滴酒也不想放在家中，所以這方面，總覺得心有不足。

就算朋友來訪，不用特地喝酒應該也無妨，但就是不行。我是個軟弱的男人，如果不喝酒就這麼一本正經地對談，三十分鐘就已經累趴了，開始卑屈地畏畏縮縮，滿心不自在。根本沒辦法自由自在地陳述意見。只能言不由衷地附和「是啊」或「對」，腦子裡卻想著完全不同的念頭。心中不斷重複著愚蠢且原地打轉的自問自答，簡直像個傻子。甚麼都說不出來。只覺得異常疲憊。反正就是難受。可是如果喝點酒，就可以掩飾心情，即使胡說八道，內心也不會那樣拼命反省，會輕鬆許多。相對地，酒醒後也會異常後悔。很想在泥土上顛仆打滾，大吼大叫。心跳急促，簡直是坐立難安。心情落寞得難以形容。很想死。識得酒精滋味已有十年，但我始終無法習慣那種心情。無法坦然以對。慚愧後悔的念頭如字面所示反覆輾轉。既然如此不如戒酒算了，可是一看到朋友的臉，還是會異樣興奮，激動得渾身發抖，如果不喝點酒，簡直無藥可救。我自己都覺得很麻煩。

前晚，真的是三位稀客聯袂光臨，所以我從約定的三天之前就已興奮難耐。廚房有二升酒。是別人送給我的，我本來還在考慮該如何處置，結果就收到Y君寄來的明信片，說他要在十一月二日晚間與A君來我家玩，我當下決定，好，趁這機會邀W君也一起來，四人一起解決這二升酒吧！總之家中有酒就很礙眼，感覺不潔，讓人分心，很糟糕，四個人喝二升酒或許不夠，萬一談話漸入佳境時，妻子突然腆著臉來報告已經沒酒了，對於聽者而言肯定非常掃興，所以我一本正經地吩咐家人再去酒鋪叫老闆送一升酒來。這樣酒就有三升了。廚房有三支酒瓶排排放。看著那個，我就是不安心。彷彿要執行重大犯罪，心中的不安與緊張，已臻頂點。又好像有點自不量力的奢侈，犯罪意識逐步進逼，我前天從一大早就無意義地繞著院子走來走去，然後又在狹小的屋裡拖著沉重的步伐慢慢踱來踱去，每過五分鐘就看一次時鐘，一心一意等待天黑。

六點半時W君來了。他說，「那幅畫嚇了我一跳呢。太厲害了。連我的雀斑你都記得這麼清楚。」為了表現親密，W君刻意用津輕腔，笑著這麼說道。我也很久沒聽過津輕腔，非常高興，自己也跟著拼命講津輕話，「儘管喝唄，今晚要喝到死！」諸如此類，恨不得盡快喝醉，一杯接一杯。到了七點多，Y君和A君相偕抵達。我已經只知喝酒了。不曉得該如何表達感激，因此我拼命喝酒。死命地喝。十二點，大家都走了。我一頭栽倒呼呼大睡。

今天早上醒來後，我立刻問家人：「我沒出甚麼醜吧？沒出醜吧？沒講甚麼不好聽的話吧？」

「應該沒有出醜。」聽到家人如此回答，我撫胸慶幸。但是，總覺得大家明明都是這麼好的人，還特地大老遠來我這種鄉下，自己卻甚麼也無法招待，恐怕讓大家抱著一種寂寞、幻滅悵然而歸吧？這樣的憂心萌生，轉眼已如傍晚的烏雲籠罩全身，我躺在被窩中又開始輾轉反側了。尤其是W君，還在我家玄關悄悄留下一升裝的酒，我直到早上才發現，W君的好意，令我銘感五內，痛苦得恨不得打赤腳在這附近四處奔跑。

這時，山梨縣吉田町的N君來訪。N君是我去年秋天去御坂嶺寫作時結識的友人。他開朗地笑著說，已決定到東京的造船所上班。我心想，可不能讓N君溜了。廚房應該還有酒。況且還有昨晚W君特地帶來的一升酒。我想解決掉。今天把廚房的汙穢打掃乾淨，從明天起，重新開始心無旁騖地投入創作。我偷偷這麼計畫，遂硬拉著N君勸酒，我自己也喝了不少。這時Y君夫妻忽然來訪，十分多禮地表示是為昨晚的宴請聊表謝意。夫妻倆站在玄關就想走，我緊抓著Y君的手腕不放。我說，「進來坐一下就好，不管怎樣，進來坐一下也好，嫂夫人也是，快請進來坐。」幾乎是用暴力把兩口子架進屋，而且還扯了一堆任性的歪理，最後終於成功地把Y君也拖下水一起喝酒。Y君說明天是明治節，放假不上班，因此出來拜訪兩三家久違的親戚，待會還得去另一家，我聽他這麼說，生怕他跑了，於是強詞奪理說，「不，還是留著那一家沒拜訪的遺憾，才有人生的況味，不能要求十全十美。」終於成功將四升酒一滴不剩地通通解決了。

追思善藏

——你就老實說吧。誠實無偽地說出來。別開玩笑，也別嘻皮笑臉。只要一次就好，說點不騙人的東西來聽聽吧。

——如果照你說的做，我恐怕又得去坐牢了。恐怕又得去投水自殺了。恐怕又得發瘋了。即便到了那種時候，你也不會逃走嗎？我的確滿嘴謊言。可我從來沒有騙過你。我的謊言，不是每次都被你輕易識破了嗎？真正兇惡的騙子，說不定反而藏在你尊敬的人們之中。我討厭那種人。我不想成為那種人，可是反彈過度，我終於連真實的事都講得好似謊言。濁流滔滔。但我不會騙你。即便不是清澈見底，今天，我也要對你說出彷彿謊言似的真話。

據說，朝雲是夕陽生出的孩子。沒有夕陽，就生不出朝雲。夕陽總是想。

「我累了。不可以那樣盯著我看。千萬不可愛我。我就要死了。不過，請務必把明晨自東方升起的太陽當成好友。那是我細心呵護的孩子。是個胖嘟嘟的好孩子。」

夕陽如此對諸人傾訴，然後悲傷地微笑。屆時你們能夠用不健康、頹廢等等汙言穢語嘲罵夕陽嗎？當下就挽起袖子回答「沒問題」，上前走出一步的壯士，是這世界的超級大笨蛋。就是因為有你這樣的笨蛋。這世間才會越來越無法安身。

請見諒。我說得太過分了。我不是人生的檢察官，也不是法官。我沒資格責怪別人。我是個壞孩子。我罪孽深重，做過的壞事想必比你多上五十倍甚至一百倍。就像現在，我也在做壞事。無論怎麼小心提防都沒用。我沒有一天不做壞事。我向神祈禱，把自己的雙手綁起來，跪地趴伏，可當我驀然回神時，已經做了天大的壞事。我是個必須遭到鞭打的男人。就算被鞭打得血花四濺，我也只能沉默。

夕陽並非生來就帶著醜陋、含羞的笑容降臨世間。它也曾胖嘟嘟天真無邪，懷著雄心萬丈，以為只要自己想，萬事皆可稱心如意，有過翱翔天際的美好時光。現在，它是弱者。但它並非天生弱勢。是因為自覺到自己的罪惡才軟弱。「吾曾擁有王座。如今鎮日看庭院玫瑰。」這是友人山樫君自創的說詞。

我的庭院也有玫瑰。有八棵。沒有開花。只有無助的細小葉片在寒風中簌簌顫抖。這些玫瑰，是我被哄騙買下的。那種哄騙方式很粗暴，幾乎是暴力式的，因此當時坦白說我非常不愉快。我在九月初從甲府搬來三鷹這個位於田中央的房子，第四天中午，一個女農民倏然現身我家庭院，卑屈地柔聲喊道「打擾了」。那時我正在房間寫信，我停下手，定睛打量女人。那是個年約三十五、六歲的肥胖農家女。臉蛋像栗子一樣上窄下寬，膚色黝黑，瞇瞇眼細小如針，發出詭異的光芒，笑著咧出一口白牙。我感到很不自在，因此保持沉默。但女人對我客氣鞠躬，一邊斜覷我的臉，一邊又說了一次「打擾了」。

「我們是種這些田的農民啦。這次田裡要蓋房子了。哪，您瞧種了這麼多的玫瑰，可憐現在要蓋房子了，通通都得拔起來。扔掉太可惜了，所以不如在您府上的院子裡種幾棵吧。這些已經種了六年了。您瞧，根都長得這麼粗了，每年都會開花開得很漂亮喔。放心啦，我就在那邊的田裡天天幹活，可以三不五時過來幫您照顧。先生，我們的田裡有大麗菊，有鬱金香，各種花花草草都有。改天我拿些您喜歡的過來幫您種。我們可不會去拜託討厭的人家。是因為您家很好，我們中意，所以才這樣拜託。請您就把這幾棵玫瑰種下去吧。」

女農民低聲拼命說服。我知道她其實在說謊。這一帶的田地，全都在我這棟屋子的房東名下。我租房子時就已聽房東提過，所以知道得一清二楚。房東的家人我也都認識。那家只有老爺子，他兒子，兒媳婦，一個孫子。根本沒有這樣骯髒不正經的女人。她肯定是看我搬來三鷹才四天，以為我八成甚麼都不知道，所以才敢上門來胡說八道。看她的服裝就很誇張。乾淨的徽紋短褂，紫藤色的伊達腰帶綁得整整齊齊，頭上包著頭巾，深藍色手套，深藍色綁腿，嶄新的草鞋，刺繡的內衣，怎麼看都太完美了。頗有戲劇裡那種概念性的農民風貌。鐵定是冒牌貨。這是極端惡劣的強迫推銷。她的態度與聲音甚至讓人感到些許諂媚，著實噁心人。但我無法責罵她把她趕走。

「那真是辛苦了。讓我看看妳的玫瑰吧。」

我說話之客氣，連我自己都暗自稱奇，被她看中，也讓我暗嘆「時運不濟」，有種無力又軟弱的認命感，只好無奈地起身，甚至勉強擠出微笑走到簷廊。我的個性就是這麼軟弱得窩囊，不敢斥罵他人。只見那些玫瑰被草蓆包裹，每株皆有四十公分高，總共八棵。沒開花。

「今後真的會開花嗎？」上面連花苞都沒有。

「會開花的，一定會開花。」我的話還沒說完，她就急忙回答，彷彿被淚水浸溼的瞇瞇眼努力瞪大。那分明就是騙子的眼睛。只要觀察騙子的眼睛，無一例外，都是這樣泛著隱隱淚光。

「到時候會有好聞的花香喔，先生。這株開的花是乳黃色。這株是淺紅。這株是白色。」她一個人喋喋不休。騙子基於習性，片刻都無法保持沉默。

「這一帶，全都是妳家的田地嗎？」反而是我，彷彿要碰觸未爆彈似的，小心翼翼地試探。

「是的，是的。」她用略帶尖銳的口吻回答，再三點頭。

「妳剛說要蓋房子是吧，甚麼時候蓋？」

「馬上就要蓋了。聽說要蓋非常氣派的大房子喔。哈哈哈！」她像男人一樣豪邁大笑。

「應該不是蓋你們家的房子吧。那麼，意思是田地賣掉了？」

「對，就是這樣。田地都賣掉了。」

「這一帶的土地一坪多少錢？肯定相當值錢吧？」

「小意思，一坪大概二、三十圓吧。嘿嘿。」她低笑，但一看她的臉孔，已經滿頭大汗。她很拼命。

我輸了。我不想繼續折磨她了。我自己以前也曾這樣，明知拙劣的謊言已被人識破還拼命嘴硬。當時，我記得也有那種不可思議的淚水令眼皮發燙。

「那妳替我把花種下吧。多少錢？」我現在只想趕緊把此人打發走。

「我不是來賣花的。只是看玫瑰太可憐，所以拜託您收留。」女人滿面笑容說，突然湊近我，壓低嗓門：

「一棵五十錢就好。」

「喂！」我呼喚在裡屋縫衣服的妻子。「去拿錢給這個人。我買了玫瑰。」

冒牌農民慢條斯理地種下八棵玫瑰，乾巴巴地道謝後離去了。我站在簷廊，茫然望著種下的八棵玫瑰，一邊告訴妻子：

「喂，剛才那人是冒牌貨喔。」我意識到自己滿臉通紅。連耳朵都發熱。

「我早就知道了。」妻子若無其事。「我本來想出面拒絕她，你卻說要看看貨色，出去招呼她了。我怕人家到時候以為只有你是善心人，我卻是壞心的惡婆娘，所以才故意裝作不知道。」

「我只是可惜那筆錢，要四圓太狠了吧。就好像被信任的人出賣。這是詐欺。我都快吐了。」

「有甚麼關係，反正她把玫瑰留下了。」

還有玫瑰在。這個理所當然的想法，帶給我異樣的勇氣。之後那四、五天，我迷上了這些玫瑰。我拿洗米水澆灌。用茅草當支柱。把枯葉一一摘除。親手剪去冗枝。每棵玫瑰都有貌似浮塵子的綠色小蟲蠕動，也被我清除得一乾二淨。「別枯死，別枯死，好好扎根茁壯吧。」我滿懷期待地默禱。玫瑰果真沒枯死，日漸長大了。

我每天早中午都會依依不捨地站在簷廊眺望籬笆外的田地。那個中年女人如果不是冒牌貨，真的在田裡出現，我不知會有多麼開心。「對不起。我一直以為妳是冒牌貨。懷疑人家是不對的。」我說不定會衷心歡喜地向她這麼道歉，對神流下感謝的淚水。我不需要大麗菊也不要鬱金香。那種東西我不希罕。只要她能讓我看見在田裡耕種的樣子就夠了。那樣便可拯救我。出來吧，出來吧，妳快露個臉！我久久佇立簷廊，四處眺望田地，但田裡只有芋頭葉子隨秋風一齊款款搖頭，偶爾，房東老爺子會從容地將雙手背在身後四處巡視田地。

我被騙了。那是肯定的。如今，我只能把一切希望寄託在這寒酸的玫瑰會開出甚麼花，僅此而已。美其名曰，靜觀無抵抗主義的成果。我已半是死心，心想八成開不出甚麼好花。沒想到，過了十天左右，某位不太有名的西畫家友人來我這三鷹的草舍玩，讓我得知一個意外的事實。

當時，我收到故鄉某個還算知名的報社東京分社的邀請函——欣悉閣下安泰康樂。時序已入秋，家鄉即將迎來金色稻田與鮮紅蘋果連續第四年的豐收。值此之際，企盼本縣出身的藝術家們齊聚一堂，共度一夜時光，暢談東京及故鄉津輕、南部種種，因此懇請諸位在百忙之中撥冗出席云云，那張明信片上印刷著這些客氣的邀請之詞，指明了日期與地點。我回函同意出席。明明如此害怕故鄉，為何回函同意出席？理由有三個。其一，我從小就不喜歡出席公眾場合，長大後那種壞毛病不僅沒有改，反而變得更嚴重，碰上非出席不可的場合，也會假裝有事厚著臉皮缺席，得罪了很多人，最後還被人誤解性格傲慢，甚至因此吃了大虧，所以我才剛剛暗自下定決心，今後一定要努力出席公眾場合，老老實實打招呼，盡到市民的義務。第二個理由，是那家報社的總社有位主管姓河內，在我五年前生病時，他曾對我略表關心。我與河內先生打從我就讀高等學校就已認識。他總是私下支持我風評不佳的小說。六年前生病時，我到處向人借錢，即便後來一點一滴慢慢歸還，迄今仍無法全部還清，當時我也曾在半狂亂的狀態下寫信向河內先生借錢。他回信了，但內容是拒絕借錢給我，可我雖遭拒絕，還是很感激河內先生。因為河內先生誠實地向我這種窮書生吐露他的家庭狀況，坦承在這種狀態下顯然無力借錢給我，如果還拖拖拉拉實非本意，因此寧可直接拒絕我。他那番話的背後，讓我感到男性的尊嚴，所以我即便在困苦中也深為感激。我一直忘不了此事。這次報社的邀請，想必是河內先生他們企劃的。如果找藉口缺席，他或許會以為我是因為當初沒借到錢才不肯去，雖然我想應該不至於，但對方萬一真有那樣的懷疑，我會比死更痛苦。我絕對沒那個意思。當時的經歷反而讓我很感激。所以我現在非出席不可。這就是我的二個理由。至於第三個理由，在於邀請函的文章——即將迎來金色稻田與鮮紅蘋果連續第四年的豐收。被這麼一說，我畢竟也是津輕人。於是我恍恍惚惚寫上同意出席。那種情景歷歷如在眼前。故鄉的山河風景浮現腦海。我已十年沒回故鄉了。猶記八年前的冬天，仔細想來當時也很痛苦，我被青森縣的檢察署傳喚，一個人悄悄從上野搭乘開往青森的急行列車。行至淺蟲溫泉附近時，天亮了，雪花飄落，淺蟲地區深灰色的海面凝重蜿蜒，三角形的海浪猶如碎玻璃堅硬地四處噴濺，漆黑如墨的烏雲低垂，壓在海面上，那一刻，我徹底覺悟。啊，此生我再也不可能來這裡了！車抵青森後，我立刻去檢察署報到，接受種種調查，獲准返家時已是半夜。從法院後門走出一步，暴風雪頓時如同百支箭矢射向雙頰，倏然掀起披風下擺，把我全身搓揉得亂七八糟，在冰凍的無人路上，我雖身在故鄉卻如孤獨的流浪藝人，彷彿賣火柴的小女孩般徬徨佇立，這就是我的故鄉嗎？這就是那個故鄉嗎？我不斷試著自問自答。深夜，杳無人跡的街道上，唯有暴風雪呼嘯掀起白色漩渦，我縮起肩膀，彎腰駝背地趕往火車站。在青森車站前的路邊攤吃了一碗拉麵，然後就直接跳上開往上野的火車，沒有和故鄉的任何人見面，就這麼回東京去了。十年之間，和故鄉就只有這麼一次驚鴻一瞥，令我無比痛苦。此刻，我好像已痛苦得呆掉了，變得很軟弱，所以才會被「金色稻浪，蘋果臉頰」這種甜美的字眼哄騙，完全忘了以前對故鄉的憎惡，就這麼傻呼呼地寫上同意出席。那，就是第三個理由。

回函同意出席後，我一天比一天不安。是對「出人頭地」這個念頭。以故鄉本地出身的藝術家身分接受故鄉報社的邀請，應該也算是一種衣錦還鄉吧？應該很光榮吧？或許等於成了名士，這麼一想，不禁猝感狼狽。一想到紙門背後八成躲了很多人，抱著惡作劇的心理故意把聲名狼藉的我鄭重當成名士，然後私底下互相吐舌扮鬼臉擠眉弄眼扯袖子吃吃偷笑，我就頗為不安。故鄉的人，沒有一個看過我的作品。就算看了，恐怕也只是帶著憐憫的笑容挑出描寫主角醜態的部分，哭笑不得地告訴別人，將我視為鄉里之恥，對我斥罵嘲笑吧。四年前，我在東京和大哥見過一面，當時大哥也說，「至少別把你的書寄給親戚，連我都不想看，親戚看了你的書，講得多難聽——」說到一半，大哥忽然打住，就此垂首不語，但我已明白一切情勢。我到死都不會再寄一本書給故鄉的人。就連同鄉的文學家也是，除了甲野嘉一，其他的人都在嘲笑我。甚至是與文學無緣的畫家及雕刻家，八成也輕信報紙上偶爾對我作品的謾罵，聽明地抱以苦笑吧。我絕非被害妄想症。絕非故意鬧彆扭這麼鑽牛角尖。事實或許比我想得更嚴苛。甚至在藝術家同儕之間都是如此。在故鄉眾人的火爐邊，他們或許倏然提起：辻馬家（D是我的筆名，辻馬是我家姓氏）的么弟，據說在東京鬧了好大的醜聞喔——然後就此結束這個短命的話題，又生火重新泡茶，開始討論秋天祭典的準備。我想大致是這個狀態吧。而我這愚蠢的窮作家，連那種可悲的狀態都不知道，一接到故鄉報社的邀請立刻同意出席，還竊喜自己出人頭地了，豈不是很可憐嗎？甚麼出人頭地！根本談不上甚麼狗屁衣錦還鄉！我這種情況，只不過是打腫臉充胖子。是惹人恥笑的笑柄。當我察覺這些時，我在羞憤之下手忙腳亂。我心想，糟了！果然該回覆缺席才對。不不不，不管出席或缺席，總之只要回覆了對方，就已是卑劣的表現。就算收到邀請，也該佯裝不知不予回覆，自己躲起來悄悄臉紅發抖，那才是最符合我現在狀態的作法。

自己的軟弱——傻乎乎答應出席的懦弱窩囊，令我深深怨恨。後悔莫及。一切，都是因為我太愚蠢。既然如此，索性心一橫，穿著正裝堂堂正正出席，管別人笑不笑，大搖大擺裝出名士風範，當眾發表一席精采演說吧！我這種近似自暴自棄的暴躁脾氣又冒出來了，這世上，就要靠力量，只要下死勁用力向前推，別人遲早不敢再嘲笑，啊，真膚淺，不知羞恥！當下態度一改反過來讚賞那個人做出敬畏舉動也很噁心，悄悄諂媚行賄又有何用。雖然我大發豪情說要堂堂正正穿正裝出席當眾演說，但我做不到。我只會給人惹麻煩。我寫不出好作品。我在唬弄大家。我不誠實。我卑屈。我撒謊。我好色。我是膽小鬼。毋須站上神的審判台，我已六神無主。我要告白。我其實還是想穿正裝出席。

猛然奮起發表精采演說讓天地為之變色的幻想，令我心跳急促，可我驀然清醒，醒悟自己只是渺小螻蟻，於是縮起脖子恨不得消失，卻又忍不住深深期盼，至少穿上正裝——我就是無法割捨俗世的眷戀。反正都是要出席，不如穿上禮服，打扮光鮮，我缺牙很醜，所以盡量不笑，總是緊抿著嘴，然後口齒清晰地對大家說聲好久不見吧。這樣的話，或許故鄉的人也會覺得，辻馬家的么弟其實比傳聞中像樣一點。出席吧。還是穿著正裝出席吧。然後用歡快的語氣向大家打招呼，低調地敬陪末座，這樣肯定能夠提升我的風評，然後一個傳一個，直到遠在二百里外的故鄉都隱約得知我的評價，終於可以讓抱病的老母親靜靜露出欣慰的笑容。這豈不是大好機會嗎？去吧，衣著光鮮地去吧，我再次激動得心跳急促熱血沸騰。我無法割捨故鄉，無法割捨曾經如此嘲諷我的故鄉。在我康復後，四年來我心心念念只有一個想法，而且那個想法日漸熾烈。我的心頭一隅，畢竟還是渴望著衣錦還鄉。我愛我的故鄉。我愛故鄉所有的人！

赴宴的日子到了。當天，一早就下起大雨。但我打算出席。我有正式的日式寬褲。是相當好的褲子。絲綢做的。這件寬褲我只在結婚時穿過一次，之後妻子就鄭重用油紙包好藏在行李底層。妻子以為那是仙台地區生產的高級絲綢寬褲。她似乎武斷地認定，那是結婚時穿的所以肯定是最高級的仙台絲綢料子。但我很窮，當時根本買不起最高級的仙台絲綢禮服，所以結婚時也只能用這件普通絲質寬褲湊合。結果妻子不知怎地一直以為是仙台的高級絲綢，事到如今，我也不忍心毀滅她的幻想，因此我始終沒有告訴她真相。我想穿那件寬褲去。對我而言，那好歹也算是錦衣了。

「喂，把那件上等寬褲給我拿出來。」我終究不好意思說那是仙台絲綢。

「那件仙台絲綢？算了啦，上面穿藍染和服，下面搭配仙台絲綢寬褲，會很奇怪。」妻子當下反對。我只有一件藍染布料的單衣充作外出服。本來應該還有一件夏季外褂，可是不知幾時不見了。

「有甚麼奇怪的。妳快拿出來。」我很想告訴她那根本不是仙台絲綢，卻還是忍住了。

「那樣不會很滑稽嗎？」

「管他的。我就是想穿那個去。」

「不行啦。」妻子很頑固。她似乎很重視那件仙台絲綢的回憶，有種不願讓它隨便見光被糟蹋的自我意識。「還有一條嗶嘰布做的褲子嘛。」

「那條不行。如果穿那個出門，我看起來會像替電影說旁白的辯士。那條褲子已經髒了，不能穿。」

「今早我明明才替你燙好放著。那條褲子比較搭配藍染上衣。」

妻子不懂我當時那種破釜沉舟的決心。我本想好好解釋給她聽，又懶得麻煩。

「仙台絲綢——」終於連我也開始說謊，「那條仙台絲綢的褲子比較好。雨下得這麼大，如果穿嗶嘰布的，鐵定馬上就皺巴巴。」無論如何，我都想穿那件去。

「還是嗶嘰布的好。」妻子已轉為哀求的語氣。「那我用包袱巾替你包好免得弄溼好不好？等你到了會場再換上就行了。」

「好吧。」我投降了。

妻子用包袱巾替我包了足袋和嗶嘰布褲子，我撩起衣服下襬塞進腰帶，在雨中撐傘出門。有種不祥的預感。

宴會場所，在日比谷公園內那家知名的西餐廳。指定時間是下午五點半，但我途中沒趕上公車，六點多才抵達。我悄悄拜託負責保管衣服的青年，讓我借用玄關旁的小房間換衣服。那個房間裡，有個身穿高級洋服臉色蒼白年約十歲的男孩，百無聊賴地歪坐著默默吃零食，一邊聽家教老師講解算數。也許是這家餐廳老闆的寶貝兒子。至於家教老師，是個年約二十七、八歲，白皙肥胖，氣質沉穩的女人，帶著黑膠框圓眼鏡。我在房間角落重新綁好腰帶，解開包袱穿上足袋，然後默默整理嗶嘰布寬褲，也許是可憐我，她默默起身走來，協助我穿上寬褲。替我將褲子的繩子在腰前打了一個蝴蝶結。我簡單道謝後小跑步衝出房間，刻意慢吞吞走上正面階梯，途中蝴蝶結鬆脫了。皺巴巴的骯髒繩子，讓蝴蝶結的形狀羞於見人，很窩囊，我為之啞然。

當我踏入會場一步時，我緊張得幾乎想打退堂鼓。就是現在。要恢復我在故鄉十年來的汙名，就是現在了。擺出名士風範吧！名士！有人輕拍我肩膀。

定睛一看，是甲野嘉一君。我忘記自己滿嘴爛牙，不由咧嘴一笑。我與甲野嘉一君是十年老友。不是因為同鄉才來往。是因為甲野君是誠實的藝術家，所以我懇求他與我為友。甲野嘉一君也笑了。我笑得更加開懷。已經忘記要保持低調這回事了。

宴會的席次是指定的。我名符其實敬陪末座。就在眾人一團混亂彼此客套推讓之際，我已被塞到末席。不過，其實有三成是我自己刻意選了末席。那不是出於我對這次宴會的尊敬，似乎反而是出於叛逆的心理。不僅叛逆，我甚至懷有一絲桀敖的輕蔑。我自己也不知道正確答案。總之，我在末席坐下了。而我也的確坐得很舒服。這樣就好，想到接下來或許可以挽回名譽，我老實地竊喜。沒想到，壞就壞在接下來。我接下來的態度實在太糟了。完全不對。

我真是個沒用的男人。太沒出息了。我仍舊依戀故鄉。一接觸到故鄉的氣氛就渾身發軟，變得任性妄為，幾乎失去自制。窩囊得連自己都感到驚奇。自制力頓失。只有心口不快地轟隆作響，全身的螺絲都鬆了，說甚麼都無法端起架子。山珍海味不斷送上桌，然我滿心激盪，根本吃不下。我甚麼也沒吃，只是拼命喝酒。我大口灌酒。由於下雨，窗戶全都關著，因此室內悶熱，酒意蔓延全身，我呼呼喘氣，臉孔看起來八成像煮熟的章魚。糟糕。這種德性，只會讓我在故鄉的評價更惡劣。我這種窩囊的樣子如果讓母親或哥哥看到了，不知會有多麼遺憾，八成會跺腳懊惱不已。雖然我頻頻這麼悲傷感嘆，但我已喪失自制力。我只是拼命喝酒。我的態度稚拙。雖已三十一歲，已經一點也不可愛了，但我還是厚著臉皮撒嬌耍賴，簡直醜惡至極。隨著醉意加深，我獨自悲愴，一下子全盤否定這次宴會，一下子企圖做作地誇耀自己的特立獨行，隨即念頭一轉，又覺得在場列席者都是一流人物，是溫柔謙虛的藝術家，是誠實、吃過苦的人。卑劣的只有我一人。唉，我是膽小鬼，是娘娘腔的廢物。如果真的那麼討厭參加這種宴會，何必非要穿正裝出席！你可悲的焦躁已被看透了！我如此自責，總之，當時我的心態完全不正常。我只是忐忑不安地不停扭動身體，拼命喝酒。大量的酒精巡行全身，令我渾身發燙，甚至頭頂冒煙。

席上開始自我介紹。大家都是名人。有東洋畫家、西畫家、雕刻家、戲曲家、舞蹈家、評論家、流行歌手、作曲家、漫畫家……人人都秉持一流人物應有的威嚴，流暢平靜地說出自己的姓名，甚至附帶幾句玩笑話。而我已自暴自棄，一下子突兀地熱烈鼓掌，一下子明明沒有仔細聽卻心有戚戚焉似地點頭附和。想必大家都暗自不快，嫌惡地覺得角落這醉漢是個討厭鬼，對我敬而遠之。我知道，但我就是無法克制。自我介紹輪番下來，終於快要輪到末席了。如果待會輪到我，在這種狀態下，我到底要對大家說甚麼才好？如此混亂下，要發表甚麼演說根本不可能。鐵定只會被當成醉漢的胡言亂語遭到嘲笑吧。突然間，雪融的小溪浮現眼前。岸邊有青青水芹。啊啊啊，我有話要說。我有一大堆話要說。可我突然心生反感。不知怎地，就是很反感。算了。就算我一輩子都無法得到故鄉理解也無所謂了。我認命了。我放棄衣錦還鄉的念頭了。醉意在我混亂的腦中不斷盤旋，但我還是苦惱地左思右想，我決定對報社的人說聲「今天謝謝你們的招待」，然後就此毅然離去。當時的我，心中最誠實無偽的言詞，僅僅只有那句謝謝。可我又想，如果光說聲「謝謝招待」就離去，好像會暴露自己平常沒錢喝酒的真相，那樣不是很卑賤嗎？算了算了！我聽見自己內心這麼說，當下不知如何是好。終於輪到我做自我介紹了。我露出自己都很想破口痛罵一頓的淫蕩醜女的媚態站起來，急忙動腦筋暗忖。我不想提及D這個筆名。人們肯定只會輕蔑地當作馬耳東風，說聲「D算哪根蔥」。那會讓我的作品很可悲。會對不起讀者。可我若自稱是K城辻馬家的么弟，又會讓母親和兄長蒙羞，況且我知道，如今大哥因為故鄉的某起事件正陷入大麻煩。我家這五、六年來，不僅出了我這個不孝子，在其他方面似乎也是噩運連連。請原諒我。

「K城，辻馬……」我自認是這麼自我介紹了，但聲音卡在喉頭，想必誰也沒有聽清楚。

「再說一次！」一個沙啞的聲音自上座響起，頓時，我把自己無處發洩的苦悶朝著那個上座的沙啞聲音爆發。

「少囉嗦，你給我閉嘴！」我明明說得很小聲，可是等我坐下後，環視四周，只見舉座冷場。已經沒救了。故鄉肯定會很快傳遍我是個無藥可救的無賴。

關於我之後的汙行，我就不說了。大咧咧地自白，反而是對讀者撒嬌，而且或許也是企圖減輕自己罪行的卑劣精神，因此我只能保持沉默，靜候神的嚴厲制裁。都是我的錯。我的惡行惡狀全都曝光了。歸途，我在滂沱大雨中從吉祥寺車站坐人力車返家。車夫是個瘦巴巴的老頭子。老頭渾身溼透，搖搖晃晃地拉車，不時嗚嗚、嗚嗚地痛苦呻吟。而我只顧著斥責：

「搞甚麼，明明沒那麼痛苦還誇張地呻吟，你也太沒有毅力了吧！跑快一點！」我暴露了惡魔的本性。

當晚，我終於明白了。我根本不是出人頭地的那種人。我只能死心。衣錦還鄉的憧憬，必須趁這機會斷然放棄。人間到處有青山，我必須保持平靜敞開心懷。或許我一輩子都只是個路旁落魄的街頭音樂家。只要想聽的人能聽見我這愚蠢、頑迷的音樂就好。藝術是無法命令的。藝術在得到權力的同時就會死亡。

翌日，一位學西畫的朋友來我這三鷹的草舍造訪，我提起前一晚的失態，也吐露我的覺悟。這位友人同樣也被瀨戶內海的故鄉小島放逐。

「所謂的故鄉，就像是淚痣。如果認真計較起來會沒完沒了。即使動手術除去也會留下痕跡。」這位友人的右眼下方，有一顆紅豆大的淚痣。

那種隨便敷衍之詞，自然不可能安慰我，我鬱悶地仰起頭，拼命抽菸。

就在那時。友人瞄到我院子的八棵玫瑰，告訴我一個意外的事實。他說，這是品種相當優秀的玫瑰。

「真的假的？」

「好像是真的。你這裡的已經長了六年。如果是在賣玫瑰的阿新手上，一棵就要價一圓以上。」友人在玫瑰上頭費了不少心血。他位於大久保的家，小小的院子就種了四、五十棵玫瑰。

「可是，來賣這些玫瑰的女人是個冒牌貨。」我立刻將隱瞞的經過據實以告。

「商人總是連不必要的謊話都會說。總之就是一心想讓你買下。嫂子，剪刀借我一下。」友人走下院子，熱心地替我一一剪去玫瑰多餘的枝葉。

「那個女的其實是同鄉人？」不知怎地，我的臉頰發燙。「難道她並不是真正的騙子？」

我坐在簷廊抽菸，深感滿足。神果然存在。一定在。人間到處有青山。果然該靜觀無抵抗主義的成果。我認為自己是個幸福的男人。有句話說，悲傷就算是花錢也得買。也有人說，從監獄窗口看到的晴空最美。我滿心感激。一瞬間我感到，只要這玫瑰還活著，我就是心靈的國王。

市井喧爭

九月初，我從甲府搬來三鷹這裡，第四天中午，來了一個看似農民裝扮的怪女人，謊稱是這附近的農民，強迫推銷七棵玫瑰[1]，我明知她是冒牌貨，卻因自身的卑屈軟弱無法斷然拒絕，最後被她騙走四圓，事後感覺非常不快，之後又過了一個月，十月初，我把那個冒牌農民寫入小說，正在修改文章時，忽然有個四十歲左右的男人走進院子，縮頭縮腦地站在簷廊前笑著說，

「打擾了，我是前面那個溫室的人，要不要買點草花的球根？」和上次的冒牌農民雖是不同的人，但我心想八成又是同樣那一套，於是露出遊刃有餘的笑容說，

「不行啊，前不久才剛被迫種下八棵玫瑰呢。」那個男人聽了，臉色有點

---

1 譯注：後文提到是八棵，此處應是作者筆誤。

鐵青，

「『被迫種下』是什麼意思？」他忽然耍無賴，開始找我的碴。

我很害怕，渾身哆嗦。為了強裝鎮定，我在桌前托腮，勉強擠出笑容，

「不是啦，你瞧，那個院子角落不是種了玫瑰嘛！那是被人哄騙買下的。」

「那跟我有甚麼關係？你這話講得太奇怪了吧。一看到我就說『被迫種下』，這也太好笑了吧。」

到這時候，我也笑不出來了。

「我又不是說你。前幾天我被人騙了很不愉快，所以我只是在講那件事。你怎麼可以講話這麼咄咄逼人！」

「哼。我倒像是來聽你說教的。彼此的地位應該是平等的才對吧。那怕只是一毛錢，總之能賺到錢就好，我畢竟是商人。為了賺錢，讓我鞠躬哈腰也沒問題，可若是不賺錢，我憑甚麼得聽你講這些有的沒的。」

「你那是歪理。那我也有我的道理要說，但你不是專程來拜訪我的嗎？」

我本來想說，這傢伙也沒經過人家同意就大搖大擺闖進人家的院子，可是想想那種論調未免太膚淺，於是沒說出口。

「我是來拜訪你沒錯，不行嗎？」商人見我欲言又止，於是得寸進尺。「我好歹也是一家之主。我可不想聽你說教。你說被人騙了，可我看你這樣種花分明挺開心的嘛。」他說對了。我明顯落居下風。

「當然種得開心了。我可是花了四圓買下的呢。」

「那很便宜呀。」他當下反駁。看來他鬥志十足。「想想看你如果去酒家喝酒得花多少錢。」他甚至脫口說出這種失禮的話。

「我才不去甚麼酒家。就算想去也去不起。四圓對我而言可是大出血。」我除了坦承經濟窘況別無他法。

「你有沒有大出血都不關我的事。」商人更加氣焰囂張，冷笑著嘲諷我。「既然那麼不捨得花錢，你老實說沒錢拒絕我不就行了。」

「這就是我的弱點。我無法拒絕別人。」

「像你這麼軟弱怎麼得了！」他越發輕蔑我。「一個大男人，居然這麼軟弱，虧你在這社會活得下去。」這傢伙太自大了。

「我也這麼想。所以我已下定決心，從今以後，不需要時就老實拒絕說我不需要。正好就在這時，你就出現了。」

「哈哈哈哈！」商人聽了哈哈大笑。「這樣子啊。原來如此。」他的語氣還是帶著嘲諷。「我明白了。那我告辭了。畢竟我可不是來聽你說教的。咱們是平等的。你也沒啥好傲慢的。」他撂下這番話就揚長而去。我暗自鬆了一口氣。

我又回去對著日前那個冒牌農民的描寫塗塗改改，同時不免暗忖住在市井之間的艱難。

在隔壁房間縫衣服的妻子，事後出來笑我應對方式太拙劣，她說，只要沒有在商人面前表現出很有錢的樣子，都會立刻被那樣嘲笑，她還叫我今後千萬不能說「花費四圓是大出血」這種低俗的話。

輯三　微光

到底要等待甚麼？我不知道。
然而，這是個高貴的名詞。

痛苦，來自忍氣吞聲的夜晚，灰心喪志的早晨。人生在世，就是不斷的認命嗎？就是忍受寂寥嗎？青春，如此天天被侵蝕，幸福，也得在陋巷之內尋覓。

我的青春之歌已失聲喑啞，有段日子在東京碌碌無為，漸漸地，除了寫詩之外我也開始寫些勉強堪稱「生活絮語」的東西，透過這些作品，慢慢找到自己該走的文學之路，我心想，這樣應該還算可以吧？多少有了一點自信，遂開始撰寫之前就在構思的長篇小說。

去年九月，我租借甲州御坂嶺上的天下茶屋這家茶店二樓，一點一點慢慢寫那篇稿子，總算湊到近百頁稿紙，即便重讀，成果也還不賴。我得到嶄新的力量，在御坂的強勁寒風中對自己立誓，沒寫完這篇小說之前絕不回東京。

這是個愚蠢的誓言。九月，十月，十一月，我再也受不了御坂的寒冷了。

當時，每晚都徬徨無助。我深感迷惘不知何去何從。自己任性地對自己許下誓言，事到如今實在沒臉毀約，就算想飛奔回東京，也覺得那樣好像是破戒，於是在嶺上進退兩難。後來我想還是下山去甲府好了。若是去甲府，當地氣候比東京溫暖，應該可以過完這個冬天沒問題。

於是我下山去了甲府。我得救了。不再拼命咳嗽。我在甲府郊外的小旅社租了一間日照充足的房間，坐在桌前暗自慶幸。然後又繼續慢慢寫作。

正午時分，我正在獨自默默寫稿，忽聞年輕女子的合唱。我停下筆，仔細傾聽。和旅社隔著一條小巷有家製絲工廠。那裡的女工經常一邊工作一邊唱歌。其中有一個人的聲音特別好聽，都是由她帶頭領唱。感覺就像是鶴立雞群。我覺得那聲音很美。甚至想向她道謝。我很想爬上工廠的圍牆一窺聲音的主人。

這裡有一個窮酸的男人，每天不知靠妳的歌聲得到多大的慰藉，而妳並不知道，妳為我的工作帶來多麼大的鼓舞，我想向妳誠心道謝——我很想寫下這些話，從工廠的窗口丟紙條給她。

可我如果真的那樣做，萬一把那個女工嚇得忽然失聲，那可不妙。如果她無心的歌聲反而被我的道謝給玷汙，那就罪過了。我為此獨自苦惱。

這或許就是愛情吧。二月，某個寒冷的靜夜。工廠旁的小巷突然響起醉漢粗暴的叫囂。我連忙豎起耳朵。

——別、別瞧不起人。有甚麼好笑的。就算偶爾喝杯小酒，你們也沒資格笑話我。I can speak English. 我去上夜校了。妳知道嗎？妳不知道吧。連老媽都被蒙在鼓裡，我是自己偷偷去上夜校。因為我必須出人頭地。姊，有甚麼好笑的。妳幹麼笑成那樣。喂，姊。我啊，馬上要出征了。到時候，妳可別驚訝。妳這個愛喝酒的弟弟，也能和別人一樣報效國家喔。騙妳的啦，還沒確定要出征呢。不過，I can speak English. Can you speak English? Yes, I can. 英語真好啊。姊，妳老實告訴我，我啊，是個好孩子吧，對吧，我是好孩子吧？老媽根本甚麼都不明白。……

我稍微拉開紙窗，探頭俯瞰小巷。起初，我以為是白梅。但我錯了。是那個弟弟的白色風衣。

他穿著不合季節的風衣，看起來似乎很冷，背脊緊貼著工廠的圍牆站立，圍牆上方，工廠的窗口，有一個女工探出上半身，正凝視喝醉的弟弟。

雖有月光，但我看不清那個弟弟的臉孔，也看不清女工的臉。那個姊姊的臉孔白皙朦朧，似乎正在笑。而弟弟的臉很黑，感覺還很稚氣。I can speak 這句醉漢的英語，沉痛地擊中了我。太初有道。萬物是藉著祂造的[1]。驀然間，我彷彿又想起了遺忘之歌。雖是尋常風景，然我難以忘懷。

那晚的女工，是否就是那個美妙聲音的主人，這我不得而知。大概不是吧。

1 出自《約翰福音》第一章：「太初有道，道與神同在，道就是神。萬物是藉著祂造的。」這裡的「道」，希臘原文是Logos，也就是語言（或譯為聖言）。沒有語言就無法認識任何概念，無法認識的事物就等於不存在，因此萬物都是根據語言而成立。

海鷗

——隱約可聽見喃喃囁語。

海鷗這玩意，據說是一種啞巴鳥呢。這麼一說，通常一般人都會不當回事地點頭附和：「噢？真的啊，那大概是吧。」反而弄得我很狼狽，不得不招認自己是胡說八道：「沒有啦，只是我自己這樣覺得啦。」啞巴很可悲。有時我感覺自己就是啞巴海鷗。

年紀也老大不小了，卻只因寂寞就大白天在外遊蕩，也沒有明確的目的地，踢開路旁一塊石子，繼續向前走，然後上前再把石子踢遠，驀然回神，兩三百公尺的距離就這麼把一塊石子踢遠了追上去，追上去了又踢開，兩手插在腰帶之間，像白痴一樣走路。我果然是精神病患嗎？我錯了嗎？或許，我對小說這種東西有所誤解。我試著小小嘿咻一聲，用力跳過路中央的水窪。水窪倒映秋日晴空，白雲緩緩飄過。我覺得水窪真美。忽然如釋重負很想笑，只要這個小水窪還在，我的藝術就有根據。我決心不忘這水窪。

我是個醜態百出的男人。似乎毫無方向。我隨波逐流，忽左忽右地無力漂浮。或許，我只不過是那「團體」中的一人罷了。如今，我似乎被迫搭乘一輛速度驚人的列車。這輛列車將開往何處，我不知道。還沒人告訴我。火車奔馳。發出轟隆巨響奔馳。「越過山中，越過海邊，越過鐵橋，還來不及思考要過橋，已迅速進隧道，穿過黑暗出現原野」[1]，火車不斷向前奔馳，啊，奔馳而去。我呆然目送窗外倏然出現又倏然流逝的風景。手指在車窗玻璃上畫出旁人的側臉，然後抹去。天黑了，車廂昏暗的燈泡幽幽亮起。我打開配給的難吃便當，默默用餐。只有醬菜配米飯，但我還是吃得一粒不剩，然後抽九毛錢的蝙蝠香菸。夜深了，該睡了。我決定睡覺。枕下，是疾駛的車輪震天響的咆哮。可我非睡不可。我閉上眼。越過山中，越過海邊——從車輪咆哮的最深處，我聽見小女孩楚楚可憐的聲音唱著那首兒歌。

有誰會缺乏愛國熱情？然而，我不敢說我有。我無法大聲地坦然說出我愛國。我躲在人群後面悄悄偷窺出征的士兵，只能哭哭啼啼。我是丙種兵。生來體格劣等。即便吊單槓，也只能那樣呆呆掛在單槓上，完全做不出任何動作。甚至連做體操都做不好。劣等的，不只是體格。我的精神也很薄弱。我是廢物。我無力指導他人。雖然我也悄悄抱著一腔愛國熱誠似乎不比任何人差，但我甚麼都說不出口。真正的愛國宣言，彷彿已衝到喉頭，可我就是說不出口。不是我故意不說。總覺得那句話已衝到喉頭，卻就是說不出來。那似乎真的是句好話，而且我也想明確掌握那句話，但心急之下，那句話反而更滑溜地四處竄逃。我面紅耳赤，猶如無能的廢物茫然佇立。我連一首愛國詩歌都寫不出來。甚麼都寫不出。某日，我費盡心思才擠出一句話，但那簡直丟人，「我要去死！萬歲！」除了去死，我想不出其他表達忠誠的方法，我果然是個笨蛋鄉巴佬。

我是矮小無力的市民，只能包個寒酸的慰問袋勞軍，叫妻子拿去郵局寄。之後戰地寄來客氣的通知表示已收到。我看了之後面如火燒。很丟臉。真的很

1 日本童謠《火車》的部分歌詞。

惶恐。我毫無辦法。沒有任何堅毅的話語可表忠誠。不知怎地，我就是無法坦然做出愛國宣言。我只能悄悄寫卑微的信給戰地的友人們。（我決定現在老實說出一切。）我的慰問信，其實很拙劣。滿紙謊言。那些噁心的奉承之詞，連自己都目瞪口呆覺得牙酸。為什麼？為什麼我要對戰地的人如此卑躬屈膝？我不也是投注心血，努力試圖留下美好的藝術嗎？如今就連那唯一的小小驕傲我都打算拋棄了。友人從戰地寄來小說原稿。囑託我代為介紹給雜誌社。那些稿子，是用米粒大的小字密密麻麻寫在西式信紙上，有些是篇幅很長的長篇，也有些是二張信紙左右的短篇。我認真看完了。寫得並不好。紙上描寫的戰地風光，和我在陋室桌前托腮空想的情景大同小異。從那些稿子完全無法發現嶄新的感動。雖然寫著「為之感動」，但那種感動，只是被陳腔濫調的惡俗文學洗腦，自以為是地認定只要在這種地方這樣產生感動，就會很像小說，就會「有模有樣」。其實那全都只是膚淺的感動。我光是想到士兵滿身泥濘流血流汗的辛苦，肉體便可充分感知，對他們崇敬有加難以言喻。就連「崇敬」這個字眼，都顯得蒼白無力。我已無話可說。完全無話可說。我只能蹲著用手指在沙上寫字又抹去，寫了又抹去。我已詞窮。我甚麼都寫不了。但在藝術方面就不同了。當你們看到一個老得牙都掉光了、彎腰駝背，喘得上氣不接下氣，卻還是在陰暗小巷拼命拉小提琴的陌生街頭音樂家，試問諸君，你們笑得出來嗎？我認為自己的情況就近似那個。就社會層面而言，我打從一開始就落敗了。但我有藝術。這麼說其實也很難為情，可我痴心地只想闡明它。我認為，作為男人一生的志業，足矣。街頭音樂家自有街頭音樂家的王國。我看了戰地士兵寫的幾篇小說，暗自搖頭。或許是我對稿子抱了過高的期望，但我認為，戰場上，應該有我們丙種體格的人壓根想像不到的全新感動與思想。它大得無邊無際。彷彿親眼目睹神跡，是永恆的戰慄與感動。我渴望得知的是那個。不用誇大的比手畫腳沒關係。動作越小越好。只要把自己真誠無偽的感動與祈求寄託於一朵小花說出來就好。肯定會有的。全新的事物，肯定就在其中。我敢秉持驕傲這麼說，那是我憑著藝術家小小的直覺發現的。但我無法具體形容。因為我不了解戰地，我還不至於如此桀敖不遜地胡亂撰寫我沒體驗過的生活情感。不，不，或許只是因為我沒那個才能。除非是自己摸索著得出的心得，否則我絕對寫不出來。我只能在自己確信的小世界，踩著穩健的步伐一步一步前行。我知道自己有幾斤幾兩重。戰場上的事，只能全部依賴戰場上的人。

我閱讀士兵寫的小說。可惜寫得並不好。他沒有寫自己的親身見聞，卻用昔日看過的惡俗文學教他的文字去描寫戰爭。不懂戰爭的人描述戰爭，並且在內地贏得荒謬的喝采，因此就連懂得戰爭的士兵也跟著模仿那種風格。不懂戰爭的人就別寫戰爭！無謂的雞婆就省省吧！那樣反而只會礙事。我看了士兵寫的小說，對於內地那些「只是用望眼鏡窺視戰爭就描寫戰爭的人」感到忍無可忍的憎惡。你們自以為是的文學，破壞了純真士兵的「觀察之眼」。這種話，只能對內地的文學者說，至於對戰地的士兵，我無話可說。那些稿子大概是戰地士兵筋疲力盡偶得小閒時，在燭光下拼命寫成的吧。這麼一想，我已無暇再發揮自己的美學，高談闊論藝術如何如何了。隨著稿子附上的來信寫著，「不知明日是生是死，因此作品還請多幫忙。」我冒昧地將那些小說（其實我並無資格）略做修改潤飾。然後吩咐妻子，把那皺巴巴西式信箋上的文章謄寫到四百字的稿紙上。最長的一篇有三十幾張稿紙。我拿著那些作品四處拜託專業雜誌。「我認為寫得相當誠實，算是好作品，還請惠予刊登。像我這種無德之人，來推銷戰地士兵寫的稿子，或許令您感到唐突，但人間真情自有生命，就連我也——」寫到一半，我就卡住了。甚麼狗屁「就連我也」！撒謊也該有個分寸！你現在已經成了人渣喔。你還不懂嗎？

我懂。懂得不能再懂。正因如此，才會卡住。五年前，有段時間我幾乎陷入瘋狂。病癒出院後，我獨自佇立燒焦的原野。身無長物。名符其實孑然一身。我擁有的，只有一屁股債務。「雷火毀家屋，只餘絲瓜花。」古人的詩句這種令人鼻酸的悽慘，我透徹理解得幾乎焦灼心口。我連做人的資格都被剝奪了。

此刻，我不能誇大事實。我是非常小心在書寫，所以讀者可以信任我。我最怕的，就是被人嗤之以鼻奚落：「又是那套自吹自捧的誇張手法嗎？」當時，旁人壓根不肯理睬我。不管我說甚麼，人們只是露出怪異的眼神偷窺我的臉，然後置之不理。對於我的種種傳聞與諷刺漫畫，他們似乎投以狡獪輕蔑的笑聲，私下不斷四處轉述，但我當時毫不知情，只是徘徊街頭。過了一年又一年後，即便是愚鈍的我，也漸漸領悟事情的真相了。根據人們的傳言，我是個徹底的瘋子。而且是天生的瘋子。得知這種傳言後，我從此成了啞巴。再也不想見人。甚麼都不想說。就算被人說了甚麼，我也決定在表面上只是以微笑回應。

我變得溫柔了。

爾後，又過了五年。迄今我似乎還是被人當成半瘋癲。我知道，那些只聽過我的名字及與我有關的種種八卦傳聞，卻從未見過我的人，在某種聚會上，彷彿看到詭異的或不可思議的事物，用那種難以形容的失禮眼神不停偷偷觀察我。當我起身如廁，背後立刻有人扯高嗓門議論「搞甚麼，太宰其實沒有那麼古怪嘛」的聲音，我也隱約聽見了。我每每感到很怪異。其實我早就已經死了，你們卻沒發現。只有我的靈魂，勉強苟延殘喘。

我現在不是人。是一種叫做藝術家的奇妙動物。我打算將這具屍骸支撐到六十歲，讓諸位瞧瞧所謂的大作家。就算你們努力試圖探究這具屍骸寫的文章有何祕密，也是白費功夫。即使你們想模仿那亡魂寫的文章也沒用。還是趁早死心的好。好像也有友人看到笑嘻嘻的我，偷偷耳語說太宰已經痴呆了。那話沒說錯，我的確痴呆了，但是——說到一半，我又講不下去了。只是，唯獨這點請相信。「我不會背叛你。」

我喪失了自我。然後——說到一半，又不想說了。只能再說一句。不相信我的人，是笨蛋。

話說回來，關於士兵寫的稿子，我強忍羞窘四處拜託編輯。偶爾還真的刊登出來了。報紙上刊出那本雜誌的廣告，看到士兵的名字與某知名小說家的名字並排出現時，我比六年前某文藝雜誌第一次刊出我的小品時還要加倍開心。我很感激。立刻對編輯再三致謝。我剪下報紙廣告寄往戰地。我總算派上用場了。這是我竭盡所能報效國家的方式。戰場也寄來高呼萬歲的天真信函。過了一陣子，那個士兵家裡的妻子也來信大肆讚美我，令我愧不敢當。這就叫做「大後方報國」。如何？這下子還敢說我是頹廢派嗎？還敢我說是惡德者嗎？沒話說了吧？

但我不敢跟任何人這麼說。仔細想想，那是老弱婦孺該做的報國方式，根本沒甚麼好驕傲的。我果然像個笨蛋，不懂得跟隨潮流，只知撰寫所謂的「滑稽文學」。我知道自己到底有幾斤幾兩重。我只是個矮小的市民。面對時代潮流，我無法發號施令。因此只能不時落寞離家，一路踢石子走路，我果然有病嗎？是我對小說有所誤解嗎？我陷入沉思。不，不是的——即便這樣否決心中的疑問，還是想不出能夠帶來自信值得大書特書的想法。我缺乏明確的言詞。雖然話已衝到喉頭，卻有點迷糊。我是漂泊之民。隨波逐流，且永遠孤獨。我嘿咻一聲，跳過小水窪，鬆了一口氣。水窪倒映秋日晴空，流雲飄過。忽然有點悲傷，有點安心。我打道回府。

回到家，雜誌社的人正在等我。最近雜誌社和報社的人不時會來探望我。我家位於三鷹內地很偏僻的田中央，他們幾乎費了一整天尋找我的陋屋，抹著汗水上門嚷著「唉，府上住得可真遠啊」。我只是個不走紅的無名作家，因此每次都萬分惶恐。

「生病已經好了嗎？」每次，他們必然會先這麼問。我已習慣了。

「對，身體比一般人更健康。」

「當時是甚麼狀況呢？」

「那是五年前的事了。」我回答，裝作若無其事。我不想說我當時瘋了。

「根據傳言，」對方倒是主動招認。「聽說您當時情況很不好。」

「喝點酒，自然就好了。」

「那倒是很奇怪。」

「也不知道為什麼。」主人也和客人一起嘖嘖稱奇。「或許並未康復，總之，姑且就當作已經康復了。這種事很難說。」

「您喝很多酒嗎？」

「就像一般人喝的量吧。」

對答到此還算是順暢，之後就漸漸不行了。變得結結巴巴。

「您看如何，最近對別人的小說，有何感想？」被這麼詢問，我非常困窘。因為我沒有任何明確的言詞可以回答。

「這個嘛，我看的不多，有甚麼好書推薦嗎？我看了之後，通常很佩服，甚至覺得不可思議，大家寫作的速度真快。這可不是反諷喔。大概是因為大家身體健康吧？大家真的是下筆如飛。」

「A先生的那篇作品您看了嗎？」

「對，我收到雜誌，所以看了。」

「不覺得那篇很糟嗎？」

「會嗎？我倒覺得很有意思。比那更糟的作品應該多得是吧？我認為不用對那篇作品格外抨擊。該怎麼說呢？畢竟，我並不太了解。」我的答辯，並非出於狡猾才如此含糊不清，毋寧是因為卑屈才變得如此曖昧不明。大家好像都比我厲害，況且我知道人人都在努力生活，所以我已無話可說。

「您知道B先生嗎？」

「對，我知道。」

「這次我們要請他寫小說。」

「噢，那很好啊。B先生是很好的人。一定要請他執筆。我想他肯定能寫出精采的文章。B先生以前也很照顧我。」我向他借過錢。

「您自己呢？能寫嗎？」

「我不行。完全不行。差勁得很。有時我明明是在寫愛情故事，卻不知不覺變成演講的語氣，一個人目瞪口呆為之失笑。」

「應該不至於吧。過去您不是新生代的領頭人物嗎？」

「不開玩笑。最近我簡直像是垂垂老矣的浮士德。那個老博士在書房的嘀咕，我終於徹底明白了。嚴重的未老先衰。據說拿破崙三十歲時就開始談『餘生』云云，我聽說之後，只覺得很好笑。」

「您自身也有那種餘生無幾的感慨嗎？」

「我又不是拿破崙，怎麼會！完全不一樣，不過，偶爾還是會突然感到餘生無幾吧。我不可能像歌德筆下的浮士德博士一樣真的讀破萬卷書，只不過，有時會突然感到類似他那樣的虛無。」我變得嚴重的結巴。

「若是那樣，就沒辦法了。不好意思，請問您今年貴庚？」

「我三十一歲。」

「那您比C先生還小一歲。每次看到C先生，他都很有活力喔。無論是文學論還是別的，他都能明確講出一番道理。他的眼光實在高明。」

「就是啊。C先生是我在高等學校的學長，總是流露溼潤熱情的眼神。他今後想必也會寫出更多作品吧。我很喜歡他。」五年前，我也給那位C先生添了很大的麻煩。

「您到底——」客人似乎也對我的優柔寡斷生氣了，換個語氣說，「對於寫小說抱持甚麼樣的信念？比方說，人道主義，或是愛啦，社會正義啦，美啦，那些東西，打從您步入文壇，直到現在，乃至將來，可有這樣一個始終堅定不移的信念？」

「有的。是悔恨。」這次，我終於可以不假思索立刻回答。「沒有悔恨的文學，只不過是狗屁。悔恨、告白、反省，近代文學——不，近代精神想必就是從那之中誕生的。因此——」我又結巴了。

「原來如此。」對方也激動得向前傾身。「現在文壇已經看不到那樣的潮流了。如此說來，您大概很喜歡梶井基次郎那類作家吧？」

「最近不知為何，越來越懷舊了。或許是我落伍了。我絲毫不以自己的心境為傲。不僅如此，事實上，我甚至羞愧地感到那樣很噁心。『宿業』這個字眼是甚麼意思，我不太清楚，但我感到自己就近似那個。若說是罪惡之子，好像變得像個牧師似的，有點怪怪的，到底該怎麼形容呢？總之我始終無法抹消『我不知幾時做了壞事，是個骯髒的傢伙』的意識，無論如何都無法抹去那種念頭，因此我總是顯得卑屈。連我自己都很受不了——但是——」說到一半，我再次卡住了。我想提《聖經》。我想說，是《聖經》拯救了我，可我不好意思，開不了口。「生命不勝於飲食嗎？身體不勝於衣裳嗎？你們看那天上的飛鳥，也不種，也不收，也不積蓄在倉裡，你們的天父尚且養活牠。你們不比飛鳥貴重得多嗎？（中略）你想野地裡的百合花怎麼長起來，它也不勞苦，也不紡線。然而我告訴你們，就是所羅門極榮華的時候，他所穿戴的，還不如這花一朵呢！（中略）野地裡的草今天還在，明天就丟在爐裡，神還給它這樣的裝飾，何況你們呢！」（《馬太福音》第六章）耶穌基督的這番安慰，曾經賜予我「不是裝模作樣」的生存力量。然而，現在我太難為情了說不出口。所謂的信仰，難道不是該默默抱持嗎？我甚至不想說出「信仰」這個字眼。

後來，我們又聊了很多其他話題，來客對我思想上的優柔寡斷似乎相當失望，開始準備離去。我衷心感到同情。我絞盡腦汁，思索有沒有甚麼痛快的良言相贈，但就是沒有。我還是一臉痴呆。對方肯定是抱著要提拔我出人頭地的心思，特地來探視我的情況。正因為明瞭來客的一番好意，我對自己這種爛泥扶不上牆的醜態更加悲傷。客人走了，我呆坐在桌前，望著天色漸暗的武藏野田野。並沒有甚麼深刻的感慨。只覺得惆悵又落寞。

「你同告你的對頭還在路上，就趕緊與他和息，恐怕他把你送給審判官，審判官交付衙役，你就下在監裡了。我實在告訴你，若有一文錢沒有還清，你斷不能從那裡出來。」（《馬太福音》第五章第二十五、二十六節）這下子，我又要再次下地獄了？我驀然這麼想到。那是彷彿從最底層轟隆響起可怕地鳴的不安。就只有我嗎？

「喂，給我錢。家裡還有多少？」

「不知道。大概四、五圓吧。」

「我可以用掉嗎？」

「行，稍微替我留一點。」

「我知道。我九點左右就回來。」

我從妻子手裡接過錢包出門。外面已經天黑了。瀰漫淡淡的霧氣。

我走進三鷹車站附近的壽司店。給我酒！這是多麼無賴的話。給我酒！這是多麼陳腐的老套。到目前為止，這句話，我到底重複了幾百幾千次？這是無知又骯髒的話。如果真有哪個青年聲稱為當今時勢所苦，於是沉醉酒精故作深刻自以為是，我會狠狠揍他一頓。毫不猶豫地狠揍一頓。可現在的我和那種青年有何不同？其實一樣吧？馬齒徒長，反而更骯髒。虧你有臉得意！

我一本正經地喝酒。到目前為止，我已喝了幾千幾萬升的酒？真討厭，真討厭，我一邊這麼想一邊繼續喝。我討厭酒。一次也不曾覺得喝酒的滋味有何美味。酒很苦。我才不想喝。巴不得拒絕。我認為飲酒是一種罪惡。肯定是惡德。但是酒救了我。這點我沒忘。我渾身都是惡德，換言之，這或許算是以毒攻毒。酒制止了我的發狂。讓我免於自殺。我如果不先喝點酒粉飾自己的想法，甚至在友人面前都無法好好說話，我就是如此卑屈的弱者。

我有點醉了。壽司店的女服務生今年二十七歲。據說離過一次婚，現在在此工作。

「先生。」她走近我的桌子喊我。一臉認真。「這麼說或許很奇怪。」她欲言又止地倏然朝櫃檯那邊扭頭窺視，然後壓低嗓門，「請問，您認識的人當中，有沒有哪位願意娶我這樣的女人？」

我重新打量女服務生。她板著臉孔，依然一本正經。她本來就是一個非常正經的女服務生，想來應該不至於戲弄我吧。

「不知道。」我也不得不認真思考了。「應該不至於沒有，但妳把這種事情託付給我也沒指望喔。」

「是，不過，每位心地善良的客人我都打算拜託看看。」

「真奇怪。」我忍不住笑了一下。

女服務生也挑起一邊臉頰露出微笑，

「否則年紀越來越大總不是辦法。我也不是黃花閨女了，所以就算對方是老先生也沒關係。我不奢望那麼好的條件。」

「可我一時也想不出合適的對象。」

「沒事，不急於一時，只要您有機會幫我留意就好。那個，我有名片。」說著，她從袖口掏出小張名片。「背面也寫了這裡的地址，如果您發現合適的對象，麻煩您，寫張明信片甚麼的知會我一下。真的很不好意思。對方就算有幾個小孩我也完全不介意。真的。」

我默默收下名片，塞進袖子裡。

「我試著找找看，但我不敢保證。麻煩買單。」

走出壽司店，返家途中心情很怪異。我覺得自己窺見了現代風潮的一角。這是個掃興乏味的正經世紀。叫人進退兩難。回到家，我再次變成啞巴。默默把變輕的錢包交給妻子，就算想開口，也說不出話。吃完茶泡飯，看晚報。火車奔馳。越過山中，越過海邊，越過鐵橋，還來不及思考——小女孩的歌聲，聽來稚嫩可憐。

「喂，家裡木炭沒問題吧？聽說會短缺。」

「應該沒問題吧。只是報紙在炒作。反正到時候自然會有辦法。」

「是這樣嗎。替我鋪被子。今晚我不寫稿了。」

醉意已經退了。醉意退去後，我總是難以入眠。我咚地發出巨大聲響躺下，又拿起晚報看。晚報上忽然出現無數卑屈的笑臉，在我吃驚之際已轉眼消失。我心想，原來大家都很卑屈嗎？人人都缺乏自信嗎？我丟開晚報，雙手用力按壓雙眼幾乎把眼球壓扁。我深信只要這麼做，過一會自然就會想睡覺。我想起今早的水窪。只要那水窪在——我想。我勉強自己這麼認定。我果然是街頭音樂家。就算丟人現眼，或許除了繼續拉我的小提琴之外別無他法。火車的去向，就交給仁人志士吧。「等待」這個字眼，突然以特大字體閃現額前。到底要等待甚麼？我不知道。然而，這是個高貴的名詞。啞巴海鷗徘徊海邊，我如此暗想，卻默默無語，只是繼續徘徊。

回信

你好。你的長信已收到。

緣分真是妙不可言。（講這種話，會被責罵不科學嗎？囉嗦的時代過去，才剛鬆了口氣兩三天，不料，囉嗦的時代又來了。那種每句話都要被人挑毛病教訓「緣分是迷信，應該說是『必然性』」云云，保守右派之前的激進左派的麻煩時代又要捲土重來了嗎？我可不想再次領教。）你我雖然都是作家，但過去彼此從未見過面，沒看過對方的作品，卻在機緣巧合下如此魚雁往返。就算說是緣分也不為過。

這次因我的〈惜別〉，有幸收到你的長信，我非常高興。你的來信內容寬和正直固然令我喜悅，但更重要的是，我很感激你這封信的長度。這年頭，就算是彼此掏心掏肺的十年老友，也只會寫寥寥幾句含糊不清的話寄來，絕對不敢像你一樣寫這麼長的信。其實那些人犯不著這麼緊張兮兮吧。我又不會向美軍司令告密。

今天，你的長篇來信令我備感振奮，也想回禮，於是寫了這麼老實無防備的信給你。

我們雖有程度上的差別，但在這場戰爭，都是支持日本的。就算自家父母是笨蛋，能夠眼睜睜看著他們和別人打得渾身是血、落居下風、似乎快要死掉的兒子，恐怕也不多吧。「不忍卒睹」就是我最真實的感受。

實際上，當時的政府就像是愚蠢至極的父親，嗜賭如命欠了一屁股債，把老婆小孩的衣服拿去典當，家中衣櫃都已空空如也了還不肯戒賭，賭輸了就喝酒，讓老婆小孩飢寒交迫哭哭啼啼，他卻大吼大叫：「吵甚麼！把老公當成甚麼了！別瞧不起人！我馬上就要發大財了，聽不懂嗎！你這個不肖子！」讓人束手無策。就拿我來說吧，刊載於雜誌的小說被全文刪除，我的長篇小說也被禁止出版，據說還上了情報局的黑名單，書店再也不敢跟我打交道，期間還二次碰上天災，唉，簡直噩運連連，但我還是想對那個笨蛋父親盡孝。不，不是想成為甚麼感人美談的主角才講這種話。我想其他的人大抵也都是抱著這種心情為日本盡力。

坦白講出來又有何妨。我們在這場大戰支持日本。我們深愛日本。結果日本慘敗。的確，那種德性如果還能贏，那日本就不是神之國而是魔之國了。那樣如果還能贏，或許我也無法像現在這樣深愛日本了。

我愛現在戰敗的這個日本。前所未有的深愛。啊，我願拋開性命與一切，只求那個《波茨坦宣言》能夠盡快履行約定，讓日本成為一個小而美的和平獨立國。

但我總覺得最近的傳播媒體很糟糕。我在戰時，也曾決心完全不看當時的報章雜誌，現在又萌生了類似的心情。

你最愛的魯迅先生，懷疑所謂的「革命」能給民眾帶來幸福的可能性，首先著眼於民眾的啟蒙。還有我們昔日敬愛的鄉下老爺子——大政治家列寧，我記得他也經常教誨後輩「要念書，念書，多念書。」我深信，缺乏教養之處絕對不會有真正的幸福。

我全盤反對現在這些媒體歇斯底里的吶喊。戰時，他們頻頻撰寫那種詭異的謊話，現在立場又來個一百八十度大轉變，再次滿紙謊話。看到講談社讓《KING》[1]雜誌復活的報紙廣告，面對各國有教養的人士，我不禁冒冷汗。我非常羞恥。

怎麼能夠如此厚顏無恥！受過啟蒙教育的人，都知道羞恥。列寧據說不就非常害羞嗎？尤其是面對從國外來看熱鬧的客人（比方說松岡或大島[2]這種人）時，我聽說他就像處女一樣羞澀，滿臉通紅。如果見到松岡，只要是稍有良心的人肯定都會不知所措。結果松岡本人（這只是比喻，並非事實）沒發現列寧已目瞪口呆，當下斷定：「搞甚麼，列寧這個人並不如傳聞嘛。居然被我等的眼光壓制得驚慌失措，真是沒出息！」就此悠然打道回府，還很荒謬地感嘆：「啊呀，果然還是希特勒好！瞧瞧他那颯爽的英姿，敏捷的動作，天才式的預言！」但我就算看到希特勒的照片，也只覺得此人毫無教養，簡直像理髮院的招牌或仁丹廣告，就像那種為了加重自己的腳步聲，故意在長靴鞋跟偷偷裝鉛塊的伍長出身的騙子，這件事，我在戰時也曾到處告訴朋友，或許就是因此才會上了情報局的黑名單。

忘記羞恥的國家不是文明國家。看看現在的蘇聯吧。再看看現在的共產黨吧。

我們的魯迅先生如果還活著，不知會怎麼批評。還有，曾是普希金讀者的列寧，如果現在還活著，不知又會怎麼說。

意識形態小說想必還會繼續流行吧。雖然沒有戰時的右派小說那麼可怕，但在略顯囉嗦這點，兩者是半斤八兩。我是無賴派。反抗一切束縛。嘲笑得意的投機分子。所以，不管再過多久恐怕都無法揚名立萬。

現在我正考慮加盟保守黨。會起這種念頭是我的宿命。任何類似搭便車撿便宜的行為（那怕只是一點點）都讓我很羞愧，實在受不了。

我用了宿命和緣分這種字眼，恐怕那些歇斯底里的科學派或「必然組」又要跳出來攻擊我了，但這次我已無畏無懼。我要照我的方式做下去。

1 《KING》是講談社發行的暢銷大眾雜誌，但一九四三年基於KING是「敵人用語」將雜誌改名為《富士》，戰後雖恢復原名，卻受到紙張緊縮等等影響，不復之前的暢銷，終於在一九五七年停刊。

2 松岡洋右與大島浩都是日本當時的外交官員，大島更是駐德全權大使。

汝當愛鄰人如愛己。

這是我最初的信念，也是最後的信念。

再會。有空時請再寫信給我。不過，說來這真是奇妙的緣分啊。請保重。

敬上。

春

我已三十七歲了。上次，某位前輩不勝唏噓地感嘆，虧你能夠活到現在啊。我自己也覺得能活到三十七歲簡直像作夢。拜這場戰爭所賜，好像終於得到活下去的力量。我已有二個小孩。老大是女兒，今年五歲，小的是兒子，去年八月剛出生，目前甚麼都不會。每逢敵機來襲，通常是妻子揹著小兒子，我抱著大女兒，一起衝進防空洞。日前，敵機忽然下降，就在附近丟下炸彈，我們來不及進防空洞，一家四口分成二組鑽進壁櫥，東西破裂的聲音乒乓作響，我女兒說，哇，玻璃破了！似乎一點也不害怕，還天真地大呼小叫，敵機離去後，我去破裂聲傳來的地方一看，果然，一坪半的和室有一塊窗戶玻璃碎了。我默默蹲下撿拾玻璃碎片，但我的指尖顫抖，不由苦笑。我想盡快修理，雖然空襲警報尚未解除，還是急著剪裁油紙貼在玻璃破掉的地方，但我把油紙骯髒的背面朝外，乾淨的那一面朝內貼，妻子看了皺眉頭說，待會我來弄不就好了，你貼反了啦。我聽了，不禁再次苦笑。

我們本該去鄉下避難，卻因種種緣故，主要是錢的問題，拖拖拉拉一直沒動身，眼看春天都到了。

今年東京的春天，和北方的春天很像。

因為雪融的水滴聲不絕於耳。我女兒一直想脫襪子。

今年東京的雪，據說是四十年來罕見的大雪。自我來東京後，算算已有十五年了，記憶中還不曾見過如此大雪。

雪融的同時，花也開始綻放，簡直和北方的春天一樣呢。身在此地卻有已回到故鄉避難之感，全是拜這場大雪所賜。

現在，我女兒赤腳穿著木屐走在雪融的路上，被她媽媽帶去公共澡堂了。

今天似乎沒有空襲。

我替出征的年少友人在旗子寫下「男兒畢生危機一髮」。

忙，閒，都在一髮之間。

純真

「純真」的概念，說不定是以美國生活之類為範本。比方說，某某學院的某某女士一臉憂鬱，嘆息著說出「小孩子的純真性很可貴」這種曖昧模糊的話，女士的女弟子聽了如奉綸音，回家就把這句話轉述給丈夫聽。丈夫很天真，一把年紀還留著小鬍子，也跟著起鬨說「嗯，小孩子的純真性很重要」。酷似那種眼裡只有自家小孩的傻爹媽。令人不敢苟同。

日本有「誠」的倫理，卻無「純真」的概念。看到人們標榜「純真」的模樣，那多半是演出來的。若非演技，就是笨蛋。我女兒四歲，有時會去打今年八月出生的小嬰兒腦袋。這種「純真」有何可貴？只憑感覺衝動行事的人，幾近惡鬼。人絕對需要倫理的訓練。

被小孩批評冷酷無情的母親，我發現多半是好母親。我還沒聽說過有哪個人小時候吃的苦對那人造成不良後果。人打從小時候，就不得不飽嚐悲傷。

小心願

耶穌被釘在十字架上，當時被扯下的雪白內衣，從上到下完全無縫，是照著他的身形織出來的罕有衣物，所以根據《聖經》記載，當時士兵們還為他品味之高尚典雅嘖嘖嘆息。

但是妻子啊。

我不是耶穌，只是市井之間的膽小鬼，每天如此痛苦掙扎，如果有一天我非死不可時，我不奢求無縫的內衣，至少，能否替我準備一件印度棉的純白內褲？

輯四　交鋒

作家的內心無一例外都有一個小惡魔。
事到如今就算想擺出善人的嘴臉也來不及了。

風聞

您好。

冒昧寫信給您，尚祈見諒。我的名字，您知道嗎？應該好歹在哪聽說過吧。我是個十年如一日只知撰寫拙劣小說的男人。但我絕對沒有因此就格外卑微。我已經快四十歲了。尚未寫出一篇自己也滿意的安心作品，而且也沒學問，再加上嘴笨舌粗，是個笨拙的鄉巴佬，所以也不可能有那種縱情揮灑的才華。且我生性膽小，與文壇眾人幾乎從來不打交道，就像那首古老的感傷和歌吟詠的，友人皆比我成功之日，買花回來與妻共欣賞[1]，過著百無聊賴、被人遺棄的生活，唉，但我不會發牢騷。我生於非常貧窮的木匠家，夾在喜歡小鳥的軟弱父親，和乾瘦黝黑、頭腦聰明的繼母之間痛苦地長大，最後終於背棄父

1 此句出自明治時代的歌人石川啄木的《一握之砂》。

母離開故鄉來到東京，之後二十年來飽受痛苦艱辛地苟延殘喘，不過這個說起來恐怕也像發牢騷，所以我就不提了。而那些晦暗的回憶，也成了我到今天為止的作品主題，因此事到如今我也不好意思再多說。只是，我年近四十仍是無名的三流作家，這麼說絕非出於我卑屈彆扭的心情，也不是出於想炫耀自己懷才不遇，對社會名流陰險嘲諷的那種小家子氣的報復心理，所以只要您能理解，我是真的認為自己是個差勁作家才老實這麼告訴您，光是這樣，我就感激不盡了。

到底該喊「您」，還是該喊「老師」，我非常猶豫。如果不嫌失禮，我想繼續喊您。如果喊老師，總覺得好像「僅此而已」。「僅此而已」的感覺，不是被您疏遠拋棄的不安，倒像是我自己失去興致主動疏遠您。感覺上，有種好像已經劃清界線的奇妙寂寞感。就連我，偶爾也會被人稱為老師，但我毫不介意，如果對方是天真無邪地喊老師，我會坦誠微笑回應一聲，若是對方別有用心，是刻意喊我老師，我立刻會察覺，就好像被那人推得遠遠的，有點失落難過。「還沒笨到被稱為老師」[2]這句諺語，是多麼惹人厭的說法啊。就因為這句諺語，日本人失去了表達尊敬的正當說法。我對您沒有任何算計，自認是很嚴肅地尊敬您，可我對於稱呼老師一事，還是非常介意。我別無他意。只是想隨時關注您。我是背棄了親人苟活。身邊也沒有朋友。一直只仰賴您的作品而活。我打算老實向您告白。

我記得您比我早生了十五年。二十年前我衝出家門，來到這東京，替《大和新報》送報紙時，您的長篇小說〈鶴〉在該報連載，我每天早上送完報後，就待在報社車夫聚集之處，狼吞虎嚥地急忙閱讀您的文章。我家很窮，而且我的學歷只有小學畢業，您卻是大財主（這個字眼很討厭，但資產階級這種說法更討厭，而且以我貧瘠的詞彙也想不出其他適切的說法，所以這純粹只是拿來和我貧窮的家世背景做比較的形容詞，請見諒），是貴族家的家主，而且還曾去法國留學，擁有傲人學歷，可是您寫的作品，超越了我們天壤之別的境遇，（共鳴，親愛，理解，狂熱，歡喜，驚嘆，感激，勇氣，救贖，融合，同類，

2 日本的教師、醫生及議員喜歡聽別人以「老師」相稱，但這稱呼不見得帶有敬意，因此這句諺語是諷刺被稱為老師而洋洋得意的人。

不可思議……我想了種種名詞，但每一個都不中意。我再次為自己詞彙之貧乏感到汗顏）一點也沒有誇大其詞，真的讓我感到活著的喜悅！我這樣簡直像是重回二十年前的青春年少，天真，活潑，想想不禁邊寫邊冒冷汗。但我還是不以為恥地老實告訴您吧。

我雖生於極貧困的家庭，卻一點也不喜歡描寫農民的小說，反而看的都是您被世人抨擊「傲慢、無情、缺乏思想、獨善其身」的作品。不是因為輕蔑農民。毋寧相反。如果按照士農工商的順序，我是木匠的兒子，身分遠低於農民。我是對描寫農民的「作家」感到不滿。在那些作品背後，絲毫感覺不到作家身為肉身凡人的愛情與苦惱。對那種感覺不到作家七情六慾的作品，我毫無興趣。您的作品在《大和新報》連載，記得應該是您三十二、三歲的時候，當時，社會對您的負面抨擊相當猛烈。您完全被視為惡棍。但我從您的作品背後，總是看到殉教者般格外高潔苦悶的臉孔。對自身罪惡感之強烈，似乎是天才共通的顯著特徵。於您而言，每天的生活，除了是加重對自己的懲罰之外似乎毫無意義。就連上午努力生活，於您似乎都是一樁大工程。我從〈鶴〉以來就一篇不漏地拜讀了您所有作品。之後過了二十年，您如今已成為明治、大正時代文學史上大書特書的大作家。您絢爛的才華與洋溢的機智、豐沛的學識、直截了當的描寫力等等，如今已受到公認，就連不懂文學的人似乎也輕易信賴您，但比起那個，您作品中日漸深刻的人性悲劇，才是我一直尊敬的。〈華嚴〉就是一篇佳作。拜讀您這個月於《文學月報》發表的這則短篇小說後，我再也坐不住，於是費盡力氣將這二十年來，說穿了算是自己隱密的心思，結結巴巴地寫出來。明知失禮，還請您不要見怪。我也快四十歲了，頭髮日漸稀薄，居然還用「二十年來的隱密心思」這種女學生的字眼，而且是對著早已過了五十歲的您使用，的確很詭異，連我自己這個寫信的人都很窘，不難想見您收到信會多麼不愉快，但我實在沒別的字眼可以形容。我是個沒學問的作家。二十年來，勉勉強強也不過發表了三十篇丟人現眼的窮酸小說。您在二十年當中出版了三套氣派的作品全集，我卻別說是明治、大正文學史了，就連在昭和文壇的角落出現也立刻消失，再次出現又旋即遭人遺忘，讓我萬分苦惱，最近再次陷入瓶頸，甚麼也寫不出來。我本來不打算發牢騷的。雖然如此，但是還請您聽一下我這點牢騷。如果按照文評家的分類，我算是自然主義派的私小說家。那和您被人稱為高踏派[3]一樣，只是便宜行事上的分類，但我的小說題材向來取自我身邊的日常生活，因此得到那種頭銜。其實，我只是想寫「確有的事」。我只想把自己親身感知到的事情寫下來。無論那是憤怒，悲傷，或是使性子不甘心的遺憾。我沒寫過謊話。可我最近完全寫不出來了。您懂嗎？沒念過甚麼書這件事，漸漸成了我的致命傷。我也無法輕鬆寫出歷史小說。作品陷入瓶頸，對我這種過一天算一天的冷門作家而言，也就等於生活陷入瓶頸。我能做甚麼呢？我想去戰地。去尋找真實無偽的感動。我是認真的。如果我更年輕一點，沒有這種腳氣病的話，我早就志願參軍去了。

我走進了死胡同。具體理由不便告知。但我前面也提過，我是看了您的〈華嚴〉，興奮之下才打破二十年來的壓抑，鼓起勇氣寫信給您，其實，除了興奮之外，也是想傾訴我最近陷入瓶頸的苦悶。這二十年來，我頭一次對自己走過的文學之路產生如此嚴重的疑問。我在極端困惑下，亟盼得到您的一句指點，這是我二十年來悄悄的仰仗。若您對我稍有憐憫，請回信給我。我絕對不是要強迫推銷這二十年的仰慕，但是現在，似乎到了打破我長年的壓抑，鼓起勇氣傾訴的時刻。無論如何，還請原諒我失禮之處。

隨信附上我最近出版的短篇小說集《絲瓜花》一冊。閱後扔掉即可。

此地位於武藏野郊外，深夜松籟猶如濤聲。只要這種被遺棄似的淒涼還在，文學就永遠不滅，但這也只是我這個老讀書人的感傷，或許徒惹笑柄。還請老師（意外地還是這麼寫了，所以我決定不刪除，就這麼鄭重保存）多多保重。

木戶一郎敬上

六月十日

謹致　井原退藏先生

3 高踏派：十九世紀後半興起的法國詩人流派。相較於浪漫派的感性詩風，此派受實證主義影響，更注重客觀風格與形式上的技巧。

你好。

日前收到短篇集與來函。遲至今天才回覆深感抱歉。短篇集我打算改日仔細拜讀。先致上謝意。匆匆。

十八日　　井原退藏

木戶一郎先生收

我不知如何處理這張明信片，把它放在桌上，對著它正襟危坐依然忐忑不安，即便拿起那張明信片在屋裡走來走去，也只是越來越徬徨，索性若無其事地把那張燙手的明信片隨手往房間角落的信插一塞，故作不屑地躺在榻榻米上發呆，可我還是魂不守舍，隨即又起身把明信片抽出來，小聲朗讀過於簡短的內容，深感寂寞，最後將它對折塞進懷裡，總算稍微平靜下來，坐在桌前，又開始給您寫這種失禮的信。

日前，寄給您萬分失禮的信，實在很抱歉。那晚寫完信後，我想如果把信就這麼放在桌上直到隔天早晨，或許我會打退堂鼓再也不敢寄出去，於是深夜拿著那封信走了三百公尺野地小徑，來到香菸店前的郵筒，那是個月光異常明亮的夜晚，雲朵就像棉花糖潔白柔軟地飄在天上，我第一次發現原來深夜也有白雲緩緩飄過，但是為這甜美的發現而雀躍的體驗，將不會再有下次了，今晚就是最後一次，是最後一次，最後一次，我一步一步，不斷在心中喃喃重複最後一次這個字眼，就這麼回到家。翌晨，我邊吃早餐邊哀聲嘆氣。我開始後悔寫那麼無聊的信給您。我不該寄信的。我犯下無法挽救的恥辱。僅僅一夜的感傷，竟用「二十年的隱密心思」這種令人背脊發涼的字眼形容，哇！我真是個俗不可耐的大作家。我沒資格嘲笑那些投稿到文章俱樂部讀者通信欄的文藝少女。不，我比他們更糟。日前那封信上，我一再強調自己年近四十，把自己形容成已經步入中年生活稍微安穩的人物，但是老實說我今年是三十八歲，可我被迫清楚認識到，我不僅不算步入中年，其實只不過是剛嗅到文學氣息的少年。根本沒資格講甚麼「陷入瓶頸」那種誇張的話。我沒有寫任何作品。沒有做任何努力。我只是一直尋找輕鬆簡單的機會鑽漏洞。真正的問題是，我現在感覺不到任何生存意義。對活著失去一切欲望時，連自殺都做不到。自殺，反而是對活著有欲望的人才會做的事。如果用最平凡的說法，我或許是陷入低潮。乾脆談一場戀愛吧。日前寄給您那麼無聊的信，之後，我深深痛感自己的窩囊與青澀，迄今未能有自己的風格，這樣看來，恐怕得全部從頭來過，但是到底該從哪著手，我已不知所措，斜眼冷覷拙荊滿臉雀斑皺紋漸增的臉孔，只覺心驚膽寒。我對自己目瞪口呆。今早，又收到您簡短的回覆，對自己更絕望了。對於日前我那荒謬的來信，這麼簡單的答覆顯然才是適當的。我絕對不敢埋怨您。沒那回事。這點還請放心。今早這簡單的明信片上的言詞，讓我清楚明白了自己的身分。我反而很感激您。現在執筆之際，我漸漸大徹大悟。換言之，今早我收到明信片，走來走去不知該拿明信片如何是好，只是因為醒悟自己的身分感到狼狽罷了。我好歹也有一點身為作家的自尊吧，那種自尊無處發洩，所以才會拿著明信片走來走去不知如何是好。我要重新來過。我要用心更加誠實。

後來我又仔細重讀了一次〈華嚴〉。開頭有一段是描寫阿照梳頭，把脫落的頭髮揉成一團隨手扔向院子然後站起。短短一行半的描寫，便讓讀者自然可以理解阿照的肉體與宿命，我不禁會心微笑。院中青苔的描寫，更讓人這麼想，我打算再讀一次。讀到雨後的華嚴瀑布那段，更是只能微笑了。彷彿瀑布的冰涼水花刺痛臉頰。「阿照看起來也格外苗條」這句結尾的青春氣息令人驚訝。可以鮮明看見女體倏然躍起。作者的愛情與祈禱，果然拯救了讀者。

我很貧乏，因此沒有任何幻想，只是十年如一日的將月底如何籌錢、院子種了番茄苗等等寫成小說，最近，連那個也徹底厭倦了，我覺得必須做些甚麼，只是煩躁地看報紙。腳氣病最近也沒出現麻痺的情況，算是比較有起色，五、六天前開始慢慢練習喝酒。喝了酒，想像力也會變得比較豐富，很開心。沒想到酒這麼管用。我以為酒是骯髒墮落的東西，活到這把年紀一直滴酒不沾，但在國內漸漸酒精短缺時，我卻慌忙開始練習喝酒，實在是驚人的遲到大王。我總是遲到。乾脆落後一整圈，反而變成領頭的？我也想得您指點一二，開始練習談戀愛。或者學歷史吧。不知哲學如何。或者學語文？

坦白說，我從蕭邦憂鬱蒼白的臉孔感受到藝術的真面目。如果用更自暴自棄的言詞來形容，那是「憧憬」。您會笑我嗎？疲倦的瘦長身體窩在海邊旅館的藤椅中，睫毛濃密的大眼睛瞇起來看著大海。蓬鬆的頭髮隨著海風飄揚，凌亂落在優雅的寬額頭。輕輕支著右頰的五根手指如鳥尾般細長尖銳。那人的背後，穿著明石皺綢和服的中年女人悄然佇立——您受不了了嗎？我的幻想太庸俗，連我自己都受不了，但我是認真描寫。只要是近代的藝術家，人人都曾悄悄憧憬過與那模樣大同小異的影像。真滑稽。一個木匠的兒子居然憧憬蕭邦，不僅日漸痴肥，還有腳氣病，臉像蟹殼一樣四四方方，頭髮別說是迎風飄揚了，甚至禿成了地中海。晚餐喝了一點酒就滿臉油光，無賴地糾纏老妻。我少年時夢想的作家，絕非這種德性。真的是「和想像的完全不一樣」的大笑話。但是現在的我，分明就是一個作家。甚至被稱為老師。還是拋開蕭邦轉向山上憶良[4]吧。如果是《貧窮問答》，和我現在的日常生活倒是相當吻合。這算是民族自覺嗎？

寫著寫著，好像一切都變得無聊。我該停筆了。今天從一早就很不愉快。

我想冷靜一下好好思考。總覺得一切都讓人不安。但請您別放在心上。是我失禮了。

這封信，不需回覆。請多保重。

木戶一郎敬上

六月二十日

謹致　井原退藏先生

你好。

你說不需回信但我還是回信了。

我必須說，接觸到你赤裸裸的神經，讓我連著兩三天都覺得自己（不是對你）汙濁又噁心。我之前就聽說過你的名字。雖未看過作品，但詩人加納君曾

4 山上憶良（六六〇—七三三）：奈良時代初期的歌人，《貧窮問答歌》的作者。

在某次聚會上以極大的熱情讚揚你的作品，還推薦我閱讀。我也想著既然如此不妨看一看，可惜始終沒機會，就這麼拖到了今天。日前收到你贈送的短篇集與來信，沒有盡快道謝是我太懶散，但我並不是不分對象都會一一回信道謝。我不希望你以為我是在討恩情，不過我的確是稍微翻了一下你的短篇集，認為足以安心，這才鬆了一口氣回信給你。回信過於簡短似乎令你不滿，但我認為一句誠實的「謝謝」就已足夠。除此之外，何需其他言詞？那時候，我幾乎還沒看過你的作品。

但是現在不同。我把你的短篇集從頭到尾全部看完了。我認為你相當有天分。詩人加納曾讚美你的作品，當時加納說的話，現在我不得不一一贊同。〈光陰〉的輕快筆觸，〈瘤〉的滑稽，〈百日紅〉強烈的自我凝視，我相信都是堪與外國十九世紀一流作品匹敵的佳作，你在信中說自己學歷不高而且是個很無趣的作家，但那種一眼便可識破的虛飾之詞，請不要再說。你若是沒學問的三流作家，我好像成了學者、一流作家，但那種無謂地困擾他人的說詞，我不想聽。如果你今後打算和我來往，首先，我希望你今後不要再說那種多餘的藉口。否則我不想與你打交道。如果聽到你說「我是沒學問的三流作家」，我會感到那是在說我，會覺得自己很骯髒。我也一樣會腆著臉油光滿面地喝酒。我不是對你的來信感到不潔，而是彷彿面對鏡子反射的光芒，讓我對自己的醜態不知所措。我想你應該懂。

關於你的作品，我只有一個很大的不滿。在我說你的作品堪與十九世紀一流作品匹敵時，其中也包含了那個不滿。如果說你的作品只是在小規模模仿十九世紀的完成，未免太露骨，但是的確可以從十九世紀俄國作家或法國象徵派詩人的作品中，輕易發現你的寫作範本，因此絕對不能依賴那個。無論是感傷的方式，終於豁然開朗的過程，心境的轉變，顯然都被公式化了。範本是一定有的。每個人起初都是跟著範本不斷練習，但身為一個創作家，如果始終無法擺脫範本的氣味，那未免太沒出息了。坦白講，你到現在還在模仿某人的調子。你似乎把那個當成目標。最好拋棄「藝術性」這種曖昧不清的裝飾觀念。生活不是藝術。大自然也不是藝術。說得更極端點，小說也不是藝術。我曾耳聞一種說法：若試圖把小說視為藝術，結果只會孕育出小說的墮落。我自己也支持這種論調。創作當中最須努力的，就是「力求正確」。除此之外別無其他。當你認為風車看似惡魔時，就該毫不猶豫地描寫惡魔。當風車看起來就只是風車時，只須如實描寫風車即可。風車其實看起來就是風車，但也有笨蛋作家自以為浪漫，認為如果不把風車描寫成惡魔就不夠「藝術性」，搞了一大堆膚淺的小動作，像那樣，就算耗盡一生也不會有任何收穫。於小說，絕對不可刻意追求藝術氛圍。那就像是在紙娃娃的圖案上，放上一張薄紙，哆嗦著拿鉛筆描摹線條，是非常滑稽幼稚的遊戲。毫無可看性。企圖營造氛圍之舉，終究只是自瀆。只要在你寫作時稍微有「像契訶夫那樣」的意圖，必然會慘遭失敗。或許這是不言自明的事實。你既然也是一個創作者，想必對一切早有心得，但我對你的作品底蘊有點擔心，因此還是不客氣地直說了。切記不要隨便裝飾字面、刻意迴避漢字、無謂地描寫風景、胡亂寫些花名，請努力追求誠實、力求印象正確即可。你看起來甚至對自己都沒有明確概念。照你這樣，自然不管再過多久都無法正確描寫任何事物。要主觀！建議你要抱持強烈的主觀。秉持單純的目光。所謂的複雜，反而是沒有思想的人才有的表情。那才是真正的不學無術。你並非不學無術。你的作品明明擁有根深蒂固的思想，你卻迄今未能自覺。你知道以下這句箴言嗎？

「敬畏耶和華是知識的開端。」（《聖經》箴言第一章第七節）

我好像有點激動，寫出失敬之詞。但是遇上資質不錯的年輕人時，我認為秉持年輕的熱情回報是作家應有之義。我不認同甚麼手下留情。對方全力出擊時，自然也當全力回敬。

今天，我只談你的作品。對於你的信中言詞，我想留待下次機會再慢慢答覆。你寄來的二封信，比起你的作品顯然大為遜色。如果我只看你的來信沒有接觸過你的作品，我想我大概不會回信給你。因為你的信中謊話連篇。下次有機會我再好好詳細說明。篇幅有限，今天的信，就到此打住。

看來應該能得到一位好友，讓我自己也感到久違的振奮。如果心情欠佳，何不出門旅行？匆匆停筆。

井原退藏

二十五日

木戶一郎先生收

您好。

來信再三拜讀。當下連謝函也寫不出來，這三天只能終日嘆息。我並未把您的來信當成《聖經》那樣字字句句奉為信仰。讀信之際，不時還是會感到不滿。小說的祕訣在於追求正確印象這句話，分毫不差，非常了不起，但我再次傾訴也正是從這裡出發。記得我曾說過，我只想寫「確實的事情」。我說，我只想書寫靠自己親手去明確感知的事物。但最近，我做不到了。這是有原因的。但具體情形不便告知。我應該向您提過。可您全然抹殺了我的信。只是任性地選擇一個您自己擅長的主題，陳述冠冕堂皇的感想。卻絲毫不想聽我對那個主題的意見。我甚至覺得，您太老套了。我想聽的，不是那種優雅的方法論。是更加十萬火急的問題。下次來信時，請務必回答我這個問題。拜託拜託。

請原諒。仗著您的好意，我好像講話太放肆了。您想必會怒火中燒吧。但我無所謂。

您送給我「敬畏耶和華是知識的開端」這句箴言。今後，在您面前我要更加自由自在。有您這樣美好的、唯一的前輩，我也傲然挺直了腰桿。

說到這裡，要回到開頭的話，這三天，我無法立刻寫謝函給您，只能一再嘆息的原因，是您藏在來信背後意外的溫柔貼心，讓我感動萬分。恕我冒昧說一句，您純真無垢。或許您會苦笑，但您居住的世界充滿光明。那才真是朝夕皆有藝術性。我甚至認為，您之所以極度排斥作品的「藝術性氛圍」，或許正是因為您在日常生活中飽嚐藝術性所以已經吃膩了。我過著極端充滿柴米油鹽味的生活，因此或許格外會這麼想，但我很驚訝，年過五十的大作家，居然會坦然寫出如此貼心的信函給我。您儘管生氣吧。但請不要跟我絕交。坦白講，您這封體貼的長信讓我很不滿。當然如果您只寄一張明信片回覆我也會很失落，但是得您如此溫吞的安慰實在令我啞然。我的作品，甚至沒有批評的價值。事到如今我並不是想徵求您對我作品的感想。但，至少請聽聽我在信上的傾訴。我沒有任何謊言。到底哪一點讓您覺得是謊言？請立刻答覆我。

我知道這樣很任性。但是如果我全力出擊，似乎便可得到您相應的強烈贈言，因此不顧失禮再三做出無禮的發言。在這世上，我只信賴您一人。

得到您的答覆後，我打算悠哉出門旅行。因為我昨日從書店領到《絲瓜花》的版稅了。還有，迄今我尚未與詩人加納先生見過面，有機會的話，麻煩您替我向他問好。加納先生是我的同鄉，我們都是千葉人。頓首。

木戶一郎敬上

六月三十日

謹致　井原退藏先生

你好。

你的來信很低劣。甚至讓我覺得回覆都可笑。但我還是決定再寫最後一封信。因為我無法忘記你的作品。

我的確說過你的來信滿紙謊言。對此，你似乎非常激動地提出抗議，堅持自己沒有寫謊話，質疑哪一點算是謊言，那我就告訴你吧。你那種無意識的自以為是讓我目瞪口呆。作品中的你是單純的感傷家，而且那種感傷非常素樸，我甚至有種直接聽到數千年前大衛王之歌的驚訝。看了你的作品，我感到久違的振奮。於我而言，除了接觸優秀作品，別無其他樂趣。對我來說工作就是全部。唯有工作的成果才是一切。我完全不指望作家個人的魅力。我最瞧不起的，就是那種不去好好寫作，卻在生活中故作孤高，彆扭地使性子，輕易將絕望與虛無掛在嘴上，不斷炫耀自己充滿魅力的風格，逗得旁人發笑自己也沾沾自喜還故作謙虛的詩人。我認為那是卑鄙的。是霸道的。不靠作品卻只想靠著個人特色受人尊敬愛戴的作家，自古以來似乎就不勝枚舉，但他們無一例外都很狡猾懶惰。是極端歇斯底里的虛榮家。發表作品，就等於丟人現眼。就等於向神告白。而且更重要的是，不是藉由告白得到神的原諒，而是接受神的懲罰。可我永遠只在乎作品的問題。作家的人格魅力云云我壓根不相信。我認為世間任何人都一樣無聊卑鄙。唯有作品才是救贖。除了寫作別無其他。看了你的信，我清楚知道此刻的你異常墮落。你很隨便。你就像到處倉皇逃竄尋找安逸逃生之路的鼬鼠。著實醜陋。你企圖把作品的誠實直接替換成人格的誠實。不是作家也沒關係，至少要做個誠實的人——這聽起來像是很正派的話，其實是充滿狡猾醜惡算計的藉口。事到如今你以為自己還能成為誠實的人嗎？你知道誠實的人是甚麼樣的人嗎？唯有能夠愛人如愛己的人才是誠實的。你做得到嗎？我希望你不要隨便說話。你總是只想著自己。你大概只愛自己與你的家人，頂多再加上周遭對自己有利的兩三個人吧。要我繼續說嗎？你會哭喔。「你們要小心，不可將善事行在人的面前」（《馬太福音》第六章第一節）這句如何？請你仔細想想看。你做得到嗎？好像還有可怕的女作家說甚麼至少希望自己是個誠實的人就好，好像那是最低限度最不抱奢望的願望似的，甚麼叫做「至少」！那明明就是唯有大天才能夠辦到的艱難事業。如果說「正因為自己無論如何都無法成為誠實的人，所以至少一輩子都要寫小說來贖罪」，那樣或許還老實一點。我認為所有的作家都是很無聊的人。與我同輩的年過五十的作家當中，好像也有人想裝出聖人的嘴臉，但那樣很蠢。那人只不過是不喝酒罷了。「你們禱告的時候，不可像那假冒為善的人，愛站在會堂裡和十字路口上禱告，故意叫人看見。」（《馬太福音》第六章第五節）《聖經》已明確如此指出了。

你的來信也一樣。你好像拼命試圖推銷你自己「脆弱的」善良，但那樣其實很難看。你真有那麼「脆弱的」善良嗎？拋棄父母隻身來到東京，拼命寫小說，終於打造出小說家的地位。這絕非真正軟弱的善人做得到的。不要再打著失敗者的名號了。你的確滿口謊言。你只會寫拙劣窮酸的小說，你自稱在昭和文壇的角落才剛出現便消失，再次出現旋即又被遺忘，到了最近更是走進死胡同，你說正考慮開始研究語文或重新研究日本歷史，但那都是騙人的。你只是用那種自嘲的說法向人撒嬌，企圖掩飾你自己的怠惰與傲慢。雖然你似乎有點土氣，但是像你這麼自我強大的男人並不多見。你看起來甚至像個非常記仇的人。雖然嘴上說自己是壞男人、不中用，卻絲毫不肯努力改變那個位置，只是貪心地想要任性，但你知道那種自私的想法太惹眼也不方便，於是你像裝病一樣擠出痛苦的苦瓜臉，無病呻吟著自己陷入瓶頸、非常困惑云云，其實在你內心深處，正在吐舌頭扮鬼臉，小聲囁嚅「我是偉大的，我的作品會名留青史」。這就是我從你的來信得到的整體印象。你把自己的肉體疲勞、精神遲緩、喪失熱情，全都歸咎於時代，你替自己的怠惰巧妙地找理由辯解，企圖博取別人的同情。你說已走進死胡同，但理由不便告知云云，你這種吊胃口的說法也太懦弱了吧。聽起來似乎在暗示受到殘忍壓迫，而你還是可憐兮兮地強忍著不說，但我想問，到底是誰那樣壓迫你了？到底是誰？大家不是都很重視你嗎？是你太貪心。只要有一支筆一疊紙，作家不就可以創作一個王國了？你害怕的其實是自己的影子。你只是假想莫須有的壓迫，自己嚇唬自己罷了。那樣很滑稽。你說想寫卻不能寫是騙人的，你現在，根本沒有想寫的東西吧？一旦沒有想寫的，就沒啥好說了，到此而已。作家已死。無藥可救。看了你的信，我發現你的本質性危機。這可不是開玩笑一笑置之的時候。你或許對你的寫作成果略感滿足？如果你以為自己該做的都已經做了，已經無法再寫更多了，暫時這樣就可以了——那你麻煩大了。你只是勉強學會巧妙地模仿範本罷了。就算可以在你的作品中發現十九世紀的完成，也無法具現二十世紀的任何真實。

二十世紀的真實，如果換個說法，也就是今日的小說，或者近代藝術，但那不只在你的作品找不到，在全世界任何人的作品中迄今都無法明確具現。有這種企圖的人全都失敗了，就算稍有起色也立刻墜落，被世人稱為詐欺，就像達文西的飛機一樣遭到嘲笑。但我相信。真正的現代藝術，總有一天會被一群天才成功創造出來。那是世界迄今完全沒有的東西。是從範本完全解放，自二十世紀的自然堂堂湧現的藝術。那必然會被實現。而我相信，那種嶄新的藝術，比起世界任何國家，在這個日本，將會開出最燦爛的花朵。你們，以及你們的後輩，應該會創造出那個。在日本，明治以來雖有過許多作家，卻堪稱沒有任何創作。創作這個字眼，我不知道是誰發明的，但我認為這真是個好字眼。許多人似乎把這個字眼當成小說的別名輕鬆使用，但真正的創作自明治時代以後，我認為一篇也沒有在日本出現過。多多少少都帶有範本的氣味。那固然也是一個可愛多嬌的時代，但如今，外國的思想家與藝術家不肯透露任何自己的行路方向。沒有意識到自己的失敗，對自己的工作仍隱約感到希望的，此刻，或許放眼全球也只有日本的藝術家是這樣。無知是幸福的。日本，或許是藝術的國度。

一切都要看今後。我自己也打算寫小說到死。哪怕屆時的新聞媒體忌憚政府當局的方針，不敢發表我的小說，我也會默默繼續寫下去。即使不能發表，我也打算寫出來。我顯然是十九世紀的人。我沒資格參與二十世紀的新藝術運動。然而，我想明確地留下一顆種子。我想清清楚楚寫出來，證明世間也曾有過像我這樣的男子。

你太窩囊了。你說要去旅行，那想必也好。你現在最欠缺的，不是學問亦非金錢。是勇氣。你被自己的善良性給困住了。這種事說起來太窩囊。作家的內心無一例外都有一個小惡魔。事到如今就算想擺出善人的嘴臉也來不及了。

這封信，但願不會是給你的最後一封信。

七月三日　　井原退藏

木戸一郎先生收

您好。

我倉皇逃出了東京。這句話您聽過嗎?如果聽過,想必當下噴飯。因為這是一個非常肥胖的可憐女作家[5]說過的話。然而,這一行文字之中,頗有逼真的震懾力。話說,我也倉皇逃離了東京。懷中帶著五十圓。

我為何會如此?被不安與痛苦逼到極點,不由脫口說出玩笑之詞。有種在臨終者的枕邊突然想說出卑猥之詞哈哈大笑的衝動。我是認真的。雖然心情嚴肅得幾乎無法承受,卻不自覺說出玩笑話。那句「我倉皇逃出了東京」,也是我排遣痛苦的戲謔之舉。態度非常玩世不恭。首先,對那位女作家就很失禮。但我現在就是忍不住想胡說八道。

收到您寄來的長信後,我滿心只覺得「不能再這樣下去了」,遂將筆墨稿紙還有字典、《聖經》一股腦塞進包裡,懷中帶著五十圓,但我還是數了二次

5 指大正、昭和時代的女作家岡本加乃子。此句出自其代表作《生生流轉》。

紙鈔的張數，獨自點頭，然後匆忙衝進上野車站，口齒不清地叫著去、去澀川，買了車票，跳上火車後，不知怎地，獨自奸笑。這樣描寫，果然還是有點玩世不恭吧。這是我排遣痛苦的自嘲之舉。請多包涵。

自我來到這無聊的山中溫泉區已有三日，卻無任何收穫。抱著奇妙又荒謬之感，只是四處徘徊。一事無成。一張稿紙也寫不出來。我擔心住宿費，在稿紙邊緣拼命計算住宿費，歪七扭八寫滿數字後又撕破，一頭倒下發呆。我到底來這種地方做甚麼？真是浪費。對於窮苦出身的我而言，這幾乎是畢生第一次溫泉旅行，但我似乎還沒那個資格在溫泉區悠哉寫稿。我始終擔心著住宿費。

您的長信，讓我倉皇不知所措。老實說，您寫的內容不見得全部都對我有當頭棒喝的效果，您的大聲叱吒也沒有對我產生振聾發聵的作用。我這麼說絕非死鴨子嘴硬。您信中所寫，通通都是我老早就知道的東西。您只是比我們更不懷疑，秉持權威這麼大聲斷言罷了。但您這種表現態度才是最可貴的，這點我也沒忘。我還是認為您很了不起。不只是您，您那個時代的人，思維或表達方式幾乎是間不容髮地同時展開，令我們只能瞠目以對。想法和用來表達想法的語文之間，看不見絲毫逡巡或算計的痕跡。你們該不會一直只靠文字思考吧？該不會是在學習過程中一直是思想的訓練與語文的訓練緊密並行吧？口拙的人，或者文章混亂難解的人，該不會就被視為毫無思想吧？所以你們甚麼都習慣明確斷定，絲毫不留餘地。即便是很幼稚、人盡皆知的事情，也說得洋洋得意。對我們而言這樣的確頗具魅力，所以才傷腦筋。我們到底該說甚麼才好？該說是「感覺到思想」嗎？思維拋下語言搶先起跑。而語言總是充滿困惑。我知道。語言太囉嗦。抱著「原來如此，那的確也有道理」的隨便心態聽人闡述意見。「語言」似乎落後「感覺」千里之遙，緩慢又遲鈍。用語言整理自己的主觀，樹立獨自的思想體系，似乎是正統主流，我也曾心嚮往之，但「哲學」這個字眼讓我很受不了，立刻會浮現戴眼鏡的大學女生與骷髏白骨的影像，感覺很可悲。我看了您的信，深感您的想法與您的文字毫無間隙地緊密結合，這大概是用語言訓練思想的結果吧，或者反過來是思想訓練語言的成果？總之我始終覺得看到了長年練習後的神奇力量。當您在信上說，您認為那是錯的，我便可感到您心底毫不懷疑地斷定那是錯的。可我們不同。往往心裡明明很喜歡，嘴上偏要故意說那傢伙很討厭，實在挺可悲的。思維與語言之間，卡著三、四個小齒輪。但請相信這個齒輪是微妙正確的。我們的語言，乍聽之下或許全都像是胡說八道，但是如果仔細調查，想必隨時都與齒輪正確連結。或許是生活的差異。這種辯解，很矯情。令人悲哀。那就算了吧。您信上那種幾近暴力、露骨素樸的文字表現手法，的確讓我驚嘆不已，但您運用那種文字所陳述的意見對我毫無啟發性，這畢竟也是事實。我只覺得您事到如今還在講陳腔濫調的廢話。把我們塞進怪異的範本，讓我們動彈不得的，到底是誰？那就是所謂的前輩。心境不穩，描寫不夠正確，天真，武斷，文章蕪雜，粗糙，沒有生活經歷，不潔，桀敖不遜，缺乏教養，思想不夠鮮明，俗世的野心旺盛，冒牌貨，太誇張，精神輕佻膚淺，過度自我陶醉，炫耀，毛躁，做作，吹噓，少根筋——只要稍微自由奔放地執筆寫作，頓時會有這樣的批評蜂擁而來被罵得滿頭包，可是就算拼命問對方那麼到底該怎麼寫才好，對方也不肯給予任何指點，就像是一腳踹開別人求助的手，意氣昂揚地揚長而去，然後與前輩同志們當成酒席上的笑話，議論那傢伙果然是笨蛋云云，真是太過分了。後輩也很窩囊，完全退縮了，作品一味低調乏味，徹底抑制躍動的自由才能，垂著眼老實縮在角落裝鵪鶉，一逕窺視前輩的臉色，扮演聽話乖巧的好孩子，埋頭學習繪畫範本的梅蘭竹菊四君子或者甚麼布袋和尚、朝日白鶴、田子浦畔富士山等等圖樣，不勝唏噓地哀聲嘆氣說自己還差得遠，陷入只求不要有大錯就好的狀態。如今，我相信，年輕的才能應該肆意縱橫如天馬行空。想嘗試甚麼技巧，就該盡量揮灑嘗試。永遠不嫌寫太多。藝術本來就是這麼張揚。但我好像已經太遲了。我的骨頭已經僵硬了。我畫了太多的布袋和尚、朝日白鶴云云。看了您的信，我怪您事到如今才說這種話就是為了這點。如果您能夠早說二十年該有多好！然而，這好像純屬牢騷。即便撕破範本，被大聲煽動「二十世紀的新藝術就在你們手中」，我也只能苦澀地皺起臉一笑。我只能這麼說，其他的牢騷，就不提了吧。看樣子，我也跟您一樣，好像是十九世紀的作家。

講了一大堆失禮的話，其實，您的信中內容對我毫無啟發，但我慌了。拿著信，我心慌意亂。我倉皇逃離了東京。我抱著不能再這樣下去的心情，把筆墨稿紙塞進包裡。為什麼？因為我被您的信函長度打敗了。區區如我，您竟願意寫來這麼長的信，您誇張的熱情讓我很狼狽。這麼長的信，如果寫在稿紙上，您本來可以拿到大筆稿費——我甚至萌生這種鄙俗的讚嘆。我也懷疑您現在是否恰好非常無聊。或許不只是我，其他任何人都能得到您如此熱情的長信？這麼一想就更狼狽了。看來我是真的很敬愛您。所以見您的熱情如此浪費在日常信件，就覺得無法忍受。比起愛我自己，我更愛您。所以我很痛苦。而且深深覺得您是個沒救的大好人。有個字眼叫做「大痴」，您正是如此痴人。您有點大智若愚。我認為您果然是少有的大人物。下次，不管是給我或別人，請不要再寫那麼長的信了。會嚇到人的。我已經懂了。我會乖乖寫作。我保證會寫。我是抱著投降的心情把筆墨稿紙還有《聖經》一股腦塞進包裡。

仔細想來，這是趟愚蠢的旅行。沒有半點好事。今晚已是我住的第三晚了，可我連一張稿紙都沒寫。從第一晚開始就很失敗。讓我老實告訴您吧。我根本沒有任何寫作的腹案。想寫一篇浪漫愛情小說（您大概會笑吧）的念頭，似乎在內心一隅悠悠蠢動。文學，不就是用來書寫愛情嗎？到了這把年紀，我對這方面略有所感，因此某些夜晚也會倏然萌生不自量力的期盼，希望自己能夠藉由愛上一名女子來打破我最近陷入瓶頸的僵局，偶爾也會出現陳腐的中學生那種幻想，奢望這次旅行可以得到甚麼靈感就賺到了。我這人很少出門旅行，或也因此心情有點浮躁亢奮吧。說來也真可憐。為了追求青春絢麗的靈感，我出了大洋相。第一晚，來服務我用餐的女服務生是個年約二十七、八，走路呈外八字，身材橫向發展的女人。眼睛又細又小，雙頰通紅，容貌頗似那種醜女面具。完全看不出她在想甚麼、是甚麼樣的性格。我基於客套勉強問了一些「旅館的客人多嗎？哪個月生意最忙碌？這樣啊，妳是本地人嗎？」這種其實壓根不想知道答案的問題，但女服務生不肯回答，只是一再點頭。問她甚麼事情時，她一律以一句話明確答覆，除此之外絕不多說。是個態度非常不親切的服務生。我很無聊。完全沒有話題了。我感到空氣凝重得窒息。喝到第二瓶酒時，不知是怎樣心血來潮，我忽然想起歌舞伎名角坂田藤十郎。他在演藝事業陷入瓶頸時，藉由逢場作戲的一夜情總算得到靈感。雖然不是好事，但他為了演藝生涯不得不出此下策。那我也來效法一下吧。我當下倏然挑起眉頭，聲調一變，柔聲喊女服務生。我說出「我喜歡妳」這種自己都目瞪口呆的拙劣言詞，悄悄想去握女服務生的手。這下子不得了了。她大吼一聲「你幹甚麼！」跳起來用野獸般的醜陋表情瞪我，她說：「不要臉。明知這是國難當頭的時候。」我嚇得魂飛魄散，然後很不愉快。「少往自己臉上貼金了。誰要認真跟妳這種人談戀愛啊！」我也立刻翻臉，如此嗆回去。「我只是想試試看。以前有個偉大的演員坂田藤十郎——」我正要說明，她又大吼大叫：「你亂講！別過來！別過來！」她尖叫著雙手護胸，一個人掙扎，看起來難看死了。我的酒也醒了，變得非常清醒，「根本沒有人要靠近妳吧。妳給我坐下！是我不好。大後方的女性，都該像妳這麼堅強才對。」我試著誇獎她，但她似乎已經徹底瞧不起我，冷哼一聲，合攏前襟，故作清高地走出房間。我大口牛飲剩下的酒，獨自扒飯，心情卻很荒謬。作夢也沒想到，我這藤十郎會遇到這麼悲慘的下場。顯然不能按照前人的傳說依樣畫葫蘆。她那聲「你幹甚麼！」嚇壞了我。哪還有甚麼靈感可言。這下子藤十郎羞愧得無地自容，只能上吊自殺了。當晚，來收餐盤的，來鋪被子的，都不是那個外八字女人。是個身材乾瘦、皮膚骯髒、臉蛋像狐狸、年約四十歲的女服務生。似乎連這個女服務生都對我如臨大敵，讓我很煩。鐵定是那個外八女向她的同事們大肆吹噓。那晚我氣得一直睡不著，但是到了隔天早上，羞恥也已淡去，我已經可以對來房間打掃的外八女笑著隨口說聲「昨晚不好意思」了。男人年近四十，果然連羞恥心都會有點麻痺，變得臉皮特別厚。若是十年前，昨晚我大概就已發瘋，趁夜逃走了吧。搞不好會羞憤自盡。外八女聽到我道歉，不悅地皺起眉頭微微點頭，姿態擺得很高。我決心再也不和這女人講話。簡直無聊透頂。今天一整天我都躺在房間看《聖經》。晚上也沒喝酒。我獨自浸泡在溪流旁的岩石浴池，心靈貧乏的人會幸福嗎？心靈貧乏的人會幸福嗎……我喃喃自語，漸漸越講越大聲，好好寫你的稿子吧，混蛋，好好寫你的稿子吧，混蛋……然後，我又小聲咕噥：請保佑我寫出好作品，請保佑我寫出好作品。我異常悲哀地仰望漆黑的天空，用更小的聲音囁嚅：請讓我寫出好作品。唯有溪流的水聲響亮——說到溪流的聲音，我立刻又想起今天中午的失敗，不禁脖子一縮。其實今天中午我又出醜了。早上，我沒來岩石浴池，是去西式的現代浴池洗臉，從脫衣場的窗口不經意向外望，只見眼前就有旅館的大儲藏間，門口是敞開的，因此連陰暗的儲藏間深處都看得見，桐葉的青影灑落儲藏間的窗口顯得很清涼。有個女人坐著。裡面鋪了二張榻榻米，衣著簡單的女孩正規矩端坐著縫衣服。我心想，這倒不錯。女孩是圓臉，似乎不算甚麼美女，但是青青葉影落在她的背上，她埋頭專心做針線的孤獨身影，有種少女的乾淨氣質。我忽然想入非非，早餐的時候，忍不住向那個來服務的狐狸臉女服務生探詢女孩的來歷。狐狸臉女服務生板著臉，用冷漠平板的口吻說，「那是附近農家的姑娘，每天在那裡縫補旅館的浴衣和被子，她的男人出征打仗去了，所以最近好像很寂寞。」狐狸臉說完盯著我的臉，居然很沒禮貌地說：「這次你又看上那個女孩了嗎？」我當下一聽也火大了。我很想反嗆她：至少她比你們好多了，但我忍住這口氣，只是對她苦笑。中午，我坐在走廊的藤椅俯瞰谷底的溪流，驀然發現在釜淵這個約有一丈的小瀑布墜落之處，蹲著一個女人，定睛一看，好像就是儲藏間那個女孩，這下子我再也坐不住了。看到旁人一臉落寞，明知自己無能為力還是會想幫忙，於是手忙腳亂。我已坐立不安。當下跳起來，重新穿好浴衣，拿手帕抹去臉上的油膩，從包中取出小錢包塞入懷裡。或許是因為我不習慣旅行，錢包總讓我提心吊膽不知往哪放才好。無論是離開房間或上廁所、洗澡、散步，我總是把錢包塞在懷中隨身攜帶。並不是捨不得錢，我是怕萬一掉了會引起種種騷動，我討厭那種騷動。我走下岩石浴池，從那裡，穿著拖鞋就直接若無其事地朝釜淵慢慢走去。我想起了「跟在女人屁股後面到處跑」這個最低級的噁心說法，但我現在的情況，好像和那個不同，也沒怎麼感到良心苛責。我只是想講句話安慰她而已。女人朝我這邊瞄了一眼，隨即站起。我微笑，對她說，「每天很辛苦吧。」女人像要反問「啥？」似地腦袋一歪看著我，困惑地露出微笑。她聽不見。急流怒吼，激起白花花的奔流，所以除非大聲吼叫，否則不管講甚麼都聽不見。我扯高嗓門大喊：「每天很辛苦吧！」但我的聲音還是被急流蓋過聽不見。女人越發困惑眨眼睛，繼續微笑。我已自暴自棄，又吼了一次「每天很辛苦吧！」女人還是像要反問「啥？」似地盯著我的臉。我很沮喪。「每天很辛苦吧」這句話到底算甚麼，簡直莫名其妙，我開始覺得很可笑，甚至不開心。我放棄了，朝噴濺在岩石上的水花看了一會，就此離去。回房間後發現懷中的錢包不見了，我當下驚慌失措。一定是掉在釜淵那邊了。而且不知怎地，我在電光石火間猝然認定，一定是被那女人撿走了。那女人一定手腳不乾淨，撿到也謊稱沒看到。看起來那麼孤寂的女人，沒想到居然喜歡偷東西。但我就原諒她吧。我終於找回些許浪漫的興奮，走出房間又去岩石浴池，途中發現原來錢包已滑落到我的浴衣背後，不禁苦笑。我放棄愛情小說了。我打算寫一篇以「五十圓」為題的貧窮小說。帶著五十圓出門旅行的膽怯窮人，是怎麼計算著使用那筆錢，火車票，電車費，茶資，買面速力達母……我打算在小說中正確報告每一分錢的用途。

好像寫的都是無聊廢話。今天收到內人的來信。信中叫我保重，讓我有點難受。信中還提到靜子（我的獨生女。今年五歲）也在乖乖看家。無論如何，如果沒有在這裡寫出一篇小說，我感覺自己就沒臉回家。每天這樣無所事事終究不是辦法。

看來今晚這封信，也是嘮嘮叨叨（按照您的說法，是滿紙謊言）的內容。金龜子不斷鑽進房間，讓我無法定下心來好好寫。這個房間，好像是這家旅館最下等的房間。紙門上的畫完全不像樣。甚至有一棵梅樹上並排站著六隻黃鶯的畫。我看著就生氣。畫得太爛了。

囉囉嗦嗦都在寫自己的廢話。如果您一字一句仔細閱讀，我會很惶恐。但是，請不要生氣。您最大的毛病就是動不動就發火。拜託不要再寄那樣長篇大論的來信了。

您知道嗎？能夠跟您這樣書信往返，真的很幸福。我好像一下子年輕了二十歲。草草頓首。

木戶一郎敬上

寫於七月七日深夜。

謹致　井原退藏先生

木戶君：

我認為我還是比你技高一籌。你說來說去扯了半天，最後不還是決心開始寫作了嗎？可見我的長信絕對沒有白費工夫。作家就該寫作。說不定，我自己這兩三天之內也會出門旅行。屆時我想順路去你的旅館一探究竟。那家旅館很有趣。外八女也許對你有意思。你何不再跟她搭訕一次？先寄上簡短的明信片。就此停筆。

七月九日　　井原退藏

您好。

好久沒聯絡了。本想等工作告一段落後再好好道謝並道歉，結果一拖就拖到了今天。還請見諒。先從不便啟齒的事開始報告吧，謝謝您幫我付清那家溫泉旅館的住宿費。我記得總共借了二十圓，隨函附上郵政小額匯票，請收下。我正好也收到《絲瓜花》的版稅所以手頭寬裕。請不要見怪，笑納這筆錢。越窮的時候越倔強，即便是關係再怎麼親密，也不想拿對方的錢。好像把自己好歹沒有對人做出虧心事當成唯一的驕傲。我只靠那唯一的驕傲活下去。所以請不要生氣，收下這筆錢吧。當我在那山中的無聊溫泉旅館，聽到女服務生稟報您來探訪時，我不由自主驚呼一聲。我認為您也是個行為誇張的人。雖然您在明信片上那樣寫，但我以為您不可能真的來訪，絲毫沒有放在心上。您那個年代的作家們，就像小孩一樣誠實呢。我目瞪口呆，才剛站起來，就見您用學生的年輕口吻一邊批評「這房間太爛了吧」，一邊慢條斯理走進我房間。您比我想像中矮小，是個漂亮的老先生。您露出白牙一笑，急匆匆說，「你說有六隻黃鶯的，就是這扇紙門嗎？原來如此，真的有六隻。換個房間吧。」那時候，您該不會是在害羞吧？是為了掩飾害羞才提起紙門的畫吧？我無意義地應了一聲「是」，鞠躬行禮，您也倏然一本正經地開口，「我是井原。好像打擾到你工作了。」這才第一次用和您的文章一樣明快強硬的語調發話。

「哪裡，沒那回事。」我手忙腳亂。然後好像還很卑微地嘿嘿陪笑。真的，別說是打擾工作了，我頭暈目眩恨不得立刻倒立。那天，我正考慮是否該回東京去了。我已停留一星期，一張稿紙也沒寫出來，假設住宿一晚五圓，帶出來的五十圓開始讓我擔心不夠用了，不如今天就結帳，如果不夠就得打電報回家，這下子太丟臉了。我深深為自己的沒出息目瞪口呆，甚至感到厭煩，就在這節骨眼上，您突然出現了，就我個人的感覺而言，簡直就像是「晴天霹靂」，渾身不自在，甚至一屁股跌在地上那麼吃驚。

之後那二天，我在那家旅館與您共度，不禁一再驚嘆。我暗自咋舌，怎會有這麼厲害的老先生。不過，我始終不曾感到不快。只感到日子非常豐富明朗。外八女和狐狸臉在您面前都像少女一樣羞澀，垂著眼簾欣喜地吃吃嬌笑，所以我對您的手腕私底下甚至很佩服。您果然不愧是都市人，隱約還帶有一點花花公子的味道。對我來說，那不僅沒讓我感到幻想破滅，反而悲傷又懷念，甚至覺得很清潔。您理直氣壯地冶遊。對周遭的想法毫不顧慮，真的是豪邁大方地遊玩。而且對冶遊的責任與刑罰早有心理準備，不逃避也不隱瞞，態度十分坦然。也沒有替自己做任何辯解。因此，您大膽的冶遊看起來並不下流，反而很美。我們總是畏畏縮縮，心裡不斷卑怯地自問自答，捏造古怪的辯解，推卸責任，企圖逃避冶遊的刑罰，所以稍微玩一下也變得非常猥瑣、低俗、小家子氣。年過五十的您，看起來卻比三十八歲的我更年輕颯爽，這個事實對我而言的確很驚訝。我倆之間的這種差異，不是有錢人與窮人這種生活的差距造成的，是來自於您過去曾經克服幾十次重大性命危機的人生經歷。您總是用全副身心去戰鬥。用全副身心在冶遊。而且堅強地忍受孤獨。我真的很羨慕您。

縱使我再怎麼努力，也絕對趕不上您。就像豬與熊是截然不同的生物，即便都是人，往往也是截然不同的生物。豬羨慕熊的毛皮黑亮，可是豬怎麼努力也當不了熊。我死心了。有幸與您同遊二天，還讓您替我付住宿費也讓我過意不去，所以最後我一個人先回東京去了，您雖然說接下來還要去信州云云，但是天氣也漸漸涼了，我想此刻您應該已經回到東京。

感覺就像在作夢。二十年來，我沒有一天忘記您，您的文章我也都看了，一直以您一個人為目標在努力，只因為一夜的亢奮，讓我終於忍不住寫信給您，之後簡直像昏了頭似地纏著您，哪怕挨罵挨打，還是叫囂著緊跟不放，最後甚至有幸與您在溫泉旅館同遊，得到這種意外的幸福，如今回想起來宛如一場悲傷的迷夢。或許我早已瘋了。好像也寫過非常失禮的信給您。收到我那種半瘋狂的信，您還不厭其煩寫長信回覆，想到老師您的關愛與誠實，我就兩眼發熱。漸漸覺得稱您為老師也是理所當然。我的心，或許就像退潮已經遠離了您。旅行歸來，我開始一點一滴寫稿，我發現這二十年來對您的那種瘋狂崇拜竟被洗滌得乾乾淨淨。心中就像空玻璃瓶一樣冰涼淡漠。對您的作品，當然一如往昔覺得很偉大。但那種偉大，彷彿縹緲幽微、不屬於這塵世般美麗璀璨的星星。離我很遙遠。今後，我應該可以心無芥蒂喊您老師。您是很重要的人物。尊敬，想必就是指這種悲哀的感情。我已無法再對您撒嬌。您是天生的「作家」。而我，永遠綴著凡夫俗子這個尾巴，無法淨化成「作家」這樣的天使。

我現在的工作，是把《舊約聖經》的《出埃及記》某部分內容寫成四萬字左右的小說。對我來說是第一篇非「私小說」的小說，但我還是無法寫別人的事。我寫的是自己周遭的事。過去的小說形式已走進死胡同，我厭煩了，終於決定嘗試這種冒險的新形式，看樣子，今天應該能順利寫到故事的三分之二，讓我稍微鬆了一口氣。總算也稍微看見藍天了。如果沒有痛苦地行到水窮處，就永遠無法有坐看雲起時，現在，我反而很感激昨日之前的低潮歲月，陷入這種天真的感慨。我念的書不多，其實一無所知，但唯獨《聖經》不同，打從我送報紙那時起，只要痛苦就會翻開閱讀。有段時間雖然忘了，但這次得到您「敬畏耶和華是知識的開端」這句箴言，我不禁愕然。我發覺自己已遺忘《聖經》太久了，非常心虛，所以這次旅行期間也一直拼命看《聖經》。意識到自己的醜態感覺痛苦時，除了《聖經》，真的是甚麼書都看不下去呢。而且唯有《聖經》上的每個小字，像珠寶一樣閃閃發亮，真是不可思議。在那家溫泉旅館，我整天無所事事連一張稿紙也寫不出來，好像非常浪費光陰，但如今想想，光是每天看《聖經》，或許就已是一趟非常寶貴的旅行了。讓我能夠想起《聖經》，建議我出門旅行的，一切都是拜您所賜。或許我對您訴苦果然是正確之舉。我被您拯救了。我不能再繼續依賴您。真正的尊敬，或許就是消滅彼此的近親感，隔著遙遠的距離寂寞地互相眺望吧。此刻，有生以來我第一次感到孤獨。

看了《出埃及記》，摩西的努力讓我非常感動。眼見百萬同胞雖是神聖民族卻忘記那種驕傲，甘於做埃及的奴隸，每天在貧民窟過著喧嚷與怠惰的生活，摩西口乾舌燥地用拙劣的口才拼命四處遊說，宣揚逃出埃及的大事業，結果反而被大家嫌棄，但他還是軟硬兼施又哄又罵，好不容易帶著大家成功離開了埃及。之後徘徊荒野四十年，跟著摩西逃出埃及的百萬同胞，不僅不感激摩西，反而人人都在埋怨甚至詛咒摩西，抱怨著都是那傢伙多管閒事才會落到這種地步，就算逃離埃及也沒半點好處，唉，想想還是以前在埃及好，就算當奴隸甚麼的又有啥關係，反正麵包可以吃到飽，肉鍋也有鴨肉和大蔥咕嘟咕嘟燉煮，多好啊，而且大白天就可以盡情喝酒，一早就有澡堂開放，就連被子也是純棉的。「巴不得我們早死在埃及地，耶和華的手下；那時我們坐在肉鍋旁邊，吃得飽足。」（《出埃及記》第十六章第三節）當時死掉的人真幸福，哪像我們，被摩西這個騙子哄騙，離開埃及，才會落到這種下場，一點好處都沒有。「你將我們領出來，到這曠野，是要叫這全會眾都餓死啊！」聽到他們爭相說出汙言穢語及無知的牢騷，摩西的心中不知做何感想。徘徊曠野四十年的故事，充滿了這些奴隸的牢騷。但摩西並未絕望。堅如鐵石般的俠義心腸，始終不為所動，他叱吒統御眾人，終於把眾人帶到他承諾的自由之地。摩西登上毗斯迦山頂，指著約旦河流域說，那才是你們美麗的故鄉，然後摩西就因疲勞過度死去。我就是在寫這四十年來，奴隸們始終不絕於耳的牢騷、謀反、無知，以及摩西應付他們的慘淡苦心。我很想把這個故事寫完。為何想寫這個，我自己也無法妥切說明，真的只是憑著一股衝動，只想把這個寫出來。上次我開玩笑說要在溫泉旅館寫一篇名為「五十圓」的小說，現在想想很羞愧。如果永遠甘於那種主題，我才真的是奴隸之一。「在肉鍋旁邊盤腿而坐，傻乎乎享受『奴隸的和平』其實也不錯」的心情，我這個窮人比任何人都明白，但是想到摩西的俠義心腸與焦慮，即便是怠惰的我也不得不抬起沉重的屁股。

我好像有點過度亢奮了。今天從一早就萌生近日少有的平靜心情，無欲無求，不怨任何人，也不愛任何人，是類似「滅得心頭火自涼」的恬淡心境，但是對您傾訴之際，心緒又開始紛亂如麻，您清澈的眼神，強烈的聲音，彷彿稍有不對就要抹殺我這封信的敘述，因此我一隻手拼命推開您的眼神與話語，一邊不服輸地用力一字一字寫下去，不知不覺，竟然寫得非常激動。

我現在的小說，絕非為了教訓當代人而寫。沒那回事。我根本沒那個資格教訓或命令別人。不，是沒那個能力。我只是寫出每次觸動我的感動而已。或許我是個單純的感激居士。哪怕是再怎麼渺小的感動，一旦發現，就會讓我想寫小說，但最近我的身邊完全沒有感動，害我一個字都寫不出來，這時是《聖經》救了我。我甚麼都不懂。也無法看透世情。我是貧窮的庶民。但至少對我個人的感動有無，我希望能夠永遠誠實地表達出來。我敬畏耶和華。

看來叫我講冠冕堂皇的大道理還是會害羞得講不出來。如果擁有摩西那種堅定的俠義心腸與四十年的責任感倒還好，問題是我的心情大起大落，似乎嚴重受到當天天氣狀況之類的因素左右，因此完全靠不住。正要大聲宣言就感到狼狽。七月底開始陰雨綿綿，連墨水瓶都發霉了，感覺有點怪噁心的，如今終於出現久違的晴天。但風很涼，可以感到秋天的腳步已悄悄近了。今天我打算待會就去整理院子裡的菜園。昨夜一場豪雨，玉米全都倒了。

許是因為雨下了太久，腳好像有點水腫發脹，最近我連酒也戒了。溫泉似乎對腳氣的毛病不太好。我希望早日康復，能夠再喝點小酒。如果不喝酒，夜裡睡下總是異常寂寞。彷彿從地底深處傳來幽微遙遠卻分明是某人的哭聲，很可怕。

除此之外我的日常生活毫無變化。一切一如既往。心倒是一直在動。

給您寫這麼長的信，想必這也是最後一次了。我自認始終對您非常尊敬，但我已無法再愛您或依賴您了。不知怎地就是做不到了。我似乎開始走上與您截然不同的道路。您是優美的作家。如睡蓮一樣美。想必我一輩子都無法忘記那種美。然我漸漸離開了睡蓮綻放的池塘。我就像垂首步行的野獸。我毫無美學。只有生活的感傷。今後，我大概會寫出更多粗俗的作品。想想不禁深感絕望。

您寄來的信，我會終生珍藏，隨身攜帶。

請多多包涵。再拜。

木戸一郎敬上

八月十六日

謹致　井原退藏先生

你好。

收到你莫名其妙的來信了。也收到了二十圓。我自己也沒有送錢給你那種失禮的想法。本來就打算請你歸還。況且，我也不是錢多得沒處花的大財主，所以你能歸還真是太好了。你們或許沒那麼慘，但我家，還積欠許多長年債務，每到月底都焦頭爛額。真不知到底我倆之間誰才是窮人。你動不動就把貧窮掛在嘴上好像很悲壯，但那最好不是自我中心的防衛。你說沒有對人做過虧心事是唯一的驕傲云云，但背後的涵義難道不是帶有不想勉強與人交際這種小家子氣的意味嗎？我討厭窮人的脾性。縮頭縮腦只知看別人的臉色。我壓根不希罕你的尊敬。我只想彼此毫無戒心地交遊。如此而已。

看來你是個不懂愛情的人。總是坐立不安企圖得到好處，那種神經讓人很受不了。寫信給人，出門旅行，閱讀《聖經》，花天酒地，和我互開玩笑，全都是企圖對你的寫作直接產生好處，所以我才受不了。難道你就這麼想寫出

「傑作」？你只是想寫出傑作，然後就可以顯擺一下聖人嘴臉吧？渾蛋。

我記得我應該已再三忠告「作家必須寫作」。我的意思絕非叫你寫出一篇傑作。那種只要寫出一篇便可瞑目的傑作，本來就不該有。我的意思是，作家必須像走路一樣隨時都在寫作。保持與生活相同的速度，與呼吸同樣的調子，不停走下去才行。走到哪裡就可以休息一下，或者寫出一篇怎樣的作品就可以暫時耀武揚威安於怠惰的想法，好像當成學校的考試一樣，很可笑。也太瞧不起人。你應該不是為了取得頭銜或資格才寫作吧？應該保持活著的同樣速度，不疾不徐，不斷寫作才對。到底是劣作還是傑作或平庸之作，這是後代人各憑喜好去決定的事。作家回過頭去參與評定的畫面會很奇妙。作家只要坦然走下去就行了。五十年，六十年，甚至必須一路走到死為止。努力只想寫出一篇「傑作」的，那是想逃避的人。只等寫了那個，就想休息。自殺的作家當中好像有很多都是這種傑作意識的犧牲者。

你最近又決心開始寫作，對我來說也是令人振奮的消息。一定要持續寫作。然而，如果你以為那篇摩西就能完全解決你的危機，那你就大錯特錯了。

你要拋開這種靠一篇小說決勝負的想法。我們可不是破釜沉舟橫越盧比孔河的英雄凱撒。這次你的小說似乎很有意思。果然頗有那種徘徊曠野四十年的意識。請以你感興趣的東西為主，自由奔放地寫下去。你這樣的作家寫的小說，沒有成功也沒有失敗可言。

那家溫泉旅館的女服務生們，依我親身所見，似乎非常喜歡你。但是照你信上的說法，似乎讓你受到極大的恥辱。你果然滿紙謊言。看來你很喜歡把自己寫得格外悲慘。奉勸你最好別這樣。那和把存摺藏在簷廊下是同樣的心境喔。那個儲藏間的女孩，聽說不是也每晚都與你出去散步嗎？女服務生們都這樣說喔。起碼有接吻吧？原來如此，你們的玩法挺猥瑣的。

你說不會再寄信給我了，但我無所謂。友情不是義務。如果哪天你又想寄信給我，那就寄來沒關係。簡而言之，我並不相信你說的話。我聽不懂你的說法。

坦白講，我在那家溫泉旅館與你同遊，非常無趣。你還是以作家的身分為傲。而且老是把你我放在天秤上比較。無聊。

如果講太多壞話，我怕你萬一又被打擊得寫不出小說就糟糕了，所以最後，再補上一句讓你歡喜的話吧。

「天才，就是永遠認為自己沒用的人。」

你笑了吧。匆匆停筆。

井原退藏

昭和十六年八月十九日

木戶一郎先生收

多頭蛇哲學

事態變得非常複雜。搬出了完形心理學（Gestalt Psychology），也出現整體主義這種口號，新的世界觀，已開始準備粉墨登場。

光靠古老的筆記本已無法應付。文化領袖們不得不又開始上圖書館。一派認真。

要探討整體主義哲學的認識論，首先面臨的難關，大概就是確認那種認識的方式。要根據甚麼來表達呢？文字嗎？思考永遠只能藉助於文字，別無他法嗎？那麼聲音呢？腔調呢？色彩呢？圖案呢？動作呢？靠表情不行嗎？有沒有辦法只靠眼睛的活動呢？沒有可以採用的要素嗎？去查查吧。

都不行嗎？你全都一一仔細查過了嗎？不，此時此地，用不著一一發表那些研究報告。不管怎樣，那肯定會是長篇大論。話說回來，果然還是得靠文字嗎？聲音不行嗎？靠腔調不行嗎？靠色彩不行嗎？那些全都不行嗎？除了靠文字，沒別的方法確定整體認識嗎？如果除了文字別無其他，這個整體主義哲學，在認識論方面，就必須非常辛苦了。首先，該用甚麼樣式說明整體主義本身最好？還是該像以往說明思想體系時一樣，不厭其煩地拆開來逐條說明嗎？可那樣的話，好好的完形概念也無法成立了。整體主義的困惑，或許意外地就在這種地方？

這個嘛，該怎麼說呢。不懂嗎？就是那個啦，那個，還是不懂嗎？該怎麼解釋才好呢，我也有點那個……只要看到一個人撓頭抓耳的樣子，聽的人也會開始焦躁。內閣總理大臣近衛公在議會被問到日本主義到底是甚麼，據說他支支吾吾說，呃，這個嘛，要用一句話做說明，恐怕有點，那個……似乎當場不知所措，但我想也難怪他會那樣。

要運用象徵。用象徵！

那樣才有趣。比方說：

「日本主義到底是甚麼？」

「是柿子。」這裡的柿子毫無意義。

「柿子嗎？那倒是意外。至少該說是窗子。」

想必還不至於真的出現這麼荒謬的問答，但無論是這個場合的柿子或窗子，都不是那種「因為這樣這樣所以這樣」的二段論式牽強附會。也不是諷刺或嘲謔。完全沒有那種噁心人的隱喻。柿子的個頭有這麼大，是這種顏色，通常在秋天結果，所以大概是代表這樣這樣的意義——唉，這種說法噁心得要死。偶爾也有人連象徵與譬喻到底有何不同都一頭霧水，所以要解釋起來真的很費勁。

這種認識論，肯定可以取悅許多詩人。首先，它就不囉嗦。對於那些似乎早已迷失理性及知性的純粹，只是像水母一樣相信自己皮膚觸感的人而言，這是相當受歡迎的認識論。乾脆發起一個研究會吧。我也要加入。

就算沒有自己的明確世界觀還是能夠活得好好的人，就更不用說了。如果不把自己的哲學思想體系好好消化之後就無法採取任何行動的人，想必也很多。說到反命題（antithesis）的成立，那種成立的真相本質非常複雜，變得曖昧不清，自己以前偷偷持有的唯物論辯證法的犀利，好像變得很沒自信，即便是為了倉皇不知何去何從的那群知識分子，這種整體主義哲學，都必須毫不遲疑地活潑展開那種世界觀與認識論。我想那並不成熟。但也因此更值得努力吧。

在日本，作為一門哲學獨立出體系的思想並不多。光靠日本花牌上的常用諺語或打油詩的典故、《論語》等等提及的日常倫理的戒律，難以生存。即便為了學術權威，也必須提示取代馬克思主義的嶄新認識論。不能敷衍了事。

今後文化人想必會變得很忙。必須拂去舊筆記的紙屑，重讀康德和黑格爾還有馬克思，然後，也得戒酒買新書。說不定會再次發現還是辯證法最好。也可能不會那樣發現。必須更加更加用功讀書之後才知道。總之，會想對自己的認識論更有確信吧。

我很想不苟言笑一本正經地講解。但又有點害羞，這種感觸，無法造假。關於完形心理學及整體主義哲學，即使我目前所知有限也忍不住想講解一番。可我只談這些，讀者肯定一頭霧水。抱歉。

關於朋黨

朋黨是政治。而政治，據說就是力量。如此說來，朋黨或許也是基於「力量」這個目標而發明的機關組織。而且那種力量所倚仗的，恐怕還是在所謂的「多數」。

不過話說回來，若是政治場合，三百票比起二百票，絕對可以像在神的審判前那樣贏得勝利，但在文學的場合似乎有所不同。

孤高這個字眼，從以前就被當成拙劣的奉承之詞，已經很老套了，通常被那樣奉承的人其實只是討厭鬼，無人想和那種人打交道。而且那個所謂「孤高」的人，動不動就把嘴一撇痛罵「群體」。誰也不知道他為什麼要罵人。似乎只是藉由謾罵「群體」、誇耀自己所謂的「孤高」，和昔日無論國內外的大人物都很「孤高」這個傳說拉上關係，以便掩飾自己的寒傖。

我們對於自命「孤高」的人必須格外小心。首先，那是唬人的。幾乎無一例外，都是「惺惺作態的達爾杜夫」[1]。說穿了，這世上根本沒有所謂的「孤高」。倒是孤獨，或許有可能。不，毋寧「孤低」的人更多。

就我現在的立場而言，我雖然渴求好友，卻無人肯與我來往，因此我不得不「孤低」。不過，這種說法也是騙人的，其實是我預感到「朋黨」的痛苦，還不如選擇「孤低」，雖然「孤低」也絕非甚麼好事，但選擇這個毋寧會更輕鬆，因此我刻意不與好友交際，如此而已。

但我還想針對「朋黨」說幾句話，對我來說（別人怎麼想我不知道）最痛苦的，就是無法直言不諱說出「朋黨」那些蠢貨很愚蠢，反而還得基於義務做出違心的讚美。「朋黨」這種東西，在旁人看來，是基於所謂的「友情」而建立，若說是烏合之眾或許不大好聽，但就像啦啦隊的掌聲，看起來大家的步調或語氣很爽快地整齊劃一，其實最憎惡的就是同一個「朋黨」中的成員。反而是內心暗自仰賴的人，往往是自己所屬「朋黨」的敵人。

最麻煩的就是自己的「朋黨」中存在的討厭鬼。我知道那會一輩子都讓自己憂鬱。

新的朋黨形式，或許會從成員公然背叛開始。

友情。信賴。我從未在「朋黨」中發現這二者。

1 《偽君子》（*Le Tartuffe ou l'Imposteur*）是法國作家莫里哀的喜劇，劇中主角達爾杜夫是個道貌岸然的偽君子。

女人創造

男女大不同。或許有人會失笑，這不是廢話嗎。即便如此，痛苦的時候不免也會假想自己若是女人會如何，揣測各種女人心態，所以並不好笑。男女大不同。差異之大，就像馬和火盆。人們卻遲遲沒有察覺這點。我也是最近才發現的。閱讀某個外國人（名字我忘了）寫的《約翰傳》，其中引用了小泉八雲的「男人，一輩子至少要當一萬次女人」這句奇怪的話，但我想應該不至於。這點，倒是可以安心。

日本作家中，描寫出真正的女人的，大概當屬秋江[1]。秋江筆下的女人非常無趣。只會喃喃說「是」或「對呀」，毫無個人思想，令人咋舌。不過，那樣描寫是正確的。說穿了，那就是當時社會的真實情況。

1 近松秋江（一八七六—一九四四）：小說家、評論家。代表作為《致前妻的信》、《黑髮》，被視為痴情文學派。

江戶的小曲不也有提及嗎？早晨隔著籬笆偷窺隔壁院子，只見鄰家太太穿著睡衣出來，眺望院中花草，倏然伸出皓腕摘下一朵牽牛花。啊，真是風雅啊，正在如此讚嘆之際，鄰家太太猛然用那朵牽牛花大聲擤鼻涕。

說到莫泊桑的作品，那是給女人看的。我們覺得無趣，是因為文中經常有現實的女人本色演出。一點也不雄壯威武。莫泊桑是那種大男人，自然意識到了這點。他厭惡自己的才華，甚至整個人格。莫泊桑在作品背後的憂鬱與懊惱，堪稱第一流。很瘋狂。其中自有莫泊桑堅毅的男性特質。男人永遠不可能變成女人。倒是可以男扮女裝。這個大家都在做。例如杜斯妥也夫斯基，穿著露出濃毛粗腿的女裝，一本正經。還有奧古斯特．史特林堡，更是經常激動過度弄掉假髮，照樣坦然自若專注表演。

沒有描寫女性絕非作品致命的汙點。不是無法描寫女性，是不去描寫女性。其中蘊藏理想主義的激情，美麗的無知。我打算暫時採取這種態度。這種態度，往往類似盲目。有時甚至滑稽。然而，就算我可以活靈活現地描寫女人以「哎喲喂，好久不見」這種開場白寒暄的真實面貌，也不會有任何感動與喜悅，所以沒辦法。我就算只剩一人，大概還是會繼續描寫我想像中的女人。那是身高一米七毛髮濃密的男人大汗淋漓描寫出來的女性，所以肯定有兩三個笑點特低的讀者會捧腹大笑吧。就連我自己都覺得有點好笑。男性讀者想必絕大部分都有過這種反省自己是否太女性化的困擾經驗。不過，這種時候最好仔細再看一次那個女人。看著文中那個女人的動態，諸位想必會安心。啊，我果然不是女人。女人不會冥想。女人不會發號司令。女人不會創造。然而，公然蔑視那種現實的女人是不對的。寫著這些，不禁臉紅，受不了。唉，還是溫和地慢慢來吧。

絕望，創造出優雅。其中似乎住著一個美貌的撒旦。不過，關於那方面，在此不便隨意下定論。

我本來無意這樣嘮嘮叨叨寫這些廢話。最近我又開始寫小說，對於描寫女性，多少發現了一點竅門。我目前還沒有足以傲人的代表作，所以沒資格說大話，但那是有點古怪的作法。本想說，卻終究膽怯結巴。說不定不該說出口。真奇怪。或許以前就已在無意識中這麼做了，只是最近終於長大，這才發現罷了。如果說出口，搞不好人家會覺得那本來就是理所當然，有何可說，但我怕萬一說得不好遭到曲解反而會吃虧。所以還是保持沉默吧。「睿智是惡德，但作家不能少了這個。」

弱者的糧食

喜愛電影的人，多半是膽小鬼。我個人也是，心情脆弱時，總會不由自主走進電影院。心情堅強時根本不會看電影。捨不得浪費那個時間。

做甚麼都不安時，只要衝進電影院就會比較安心，裡面伸手不見五指，簡直太好了。沒有人會注意我。唯有坐在電影院角落的那幾刻鐘，完全脫離世間。再沒有比那裡更好的地方。

幾乎一般電影都能讓我哭。說百分之百會哭也不為過。到底是傑作還是爛片，我已無暇去批判。我和觀眾一起哈哈大笑，和觀眾一起落淚。五年前，在千葉縣船橋的電影院看《新佐渡情話》這齣武俠片，我哭慘了。翌晨醒來，想起那部電影，不禁再次嗚咽。該片由黑川彌太郎、酒井米子、花井蘭子等人主演。翌晨想起又哭的，只有這部電影。反正讓影評家說來八成是大爛片，但我哭得天昏地暗。那部片子很好。是甚麼導演拍的我完全不知道，但對那位導演，至今我還是很想道謝。

或許我太小看電影了。我沒把它當成藝術。我認為它只等於一碗紅豆湯。但比起藝術，有時人更想感謝一碗紅豆湯。那種時候還挺多的。

同樣是五年前住在船橋時，我心情苦悶，漫無目的地出門散心一路到了市川，後來我賣掉懷中的書，用那筆錢去看電影。記得當時看的是《兄妹》。那次我也哭得很慘。女主角阿紋哭著抗議的那一幕令人不勝悲傷。我當場放聲大哭。最後實在受不了只好躲進廁所。那部片子也很棒。

我不太喜歡外國電影。對話完全聽不懂，可是要把螢幕角落不時出現的字幕一一讀完也很困難。我習慣慢慢查閱文章，因此總是來不及看字幕。會覺得很累。且我有近視卻沒戴眼鏡，所以除非坐在前排，否則甚麼都看不見。

我去電影院時，總是異常疲憊時。是心靈軟弱時。是失敗時。悄悄坐在黑暗中，誰也看不見我的臉。這讓我稍微鬆了一口氣。這種時候，任何電影都會格外刻骨銘心。

我甚至覺得，日本的電影或許就是針對我這種失敗者的心情拍攝的。那些電影在告訴我們：放棄野心吧，低調簡樸的小家庭才有幸福喔，有錢人其實也有有錢人的晦暗不幸，認命吧。世間的失敗者，面對這溫柔的安慰，怎能不痛哭流涕。這樣究竟是好是壞，我也不知道。

論及當觀眾的資格，首先必須天真無邪。必須相信荒唐無稽。大河內傳次郎[1]必然百戰百勝。某位有教養的婦人笑言，「大谷日出夫這位演員，看起來就很強壯很可靠。只要有那個人出現就可以安心。絕對不會輸。至於藝術電影，那太無聊了。」這是美好的意見。賣弄機巧，只會吃虧。

電影與小說完全不同。有些笨蛋作家去國技館看相撲比賽，一本正經地感慨：「任何事情在技藝的極致都是一樣的。」

如果說任何事情在生活感情上都是一樣的，至少還比較穩當一點。尤其是電影和小說，在所謂的「極致」上絕對不必一視同仁。此外，叫囂自己的獨創性或互相排擠之舉，也值得商榷。不妨看看醫生與和尚，狹路相逢

---

1 大河內傳次郎（一八九八—一九六二）：日本戰前最具代表性的電影武打明星之一。

不也會互相敬禮嗎？

今後的電影，或許不見得是以「失敗者的精神糧食」為目標來拍攝。但大部分觀眾或許還是寂寞的人吧。看著日劇電影院大排長龍的入場者，我的心情非常沉重。我總覺得，「不如看看電影也好」這句話，終究潛藏著失敗者有氣無力的嘆息。

電影的背後，至少暫時，還是暗藏著安慰弱者的主題吧。

討厭藝術

魯迅的隨筆提及，「以前，我曾滿懷熱情撰寫攻擊中國社會的文章，但那其實很無聊。中國社會壓根不知道我這樣猛烈攻擊。簡直太可笑了。」我看了忍不住一個人笑出聲，或許當我談論電影時，也會有類似的結果吧。

十年來，我是個一直書寫拙劣小說的三十六歲男子，小說界沒有任何好事分子願意認真傾聽我的訴說，更別說是在電影界，想必誰也不認識我。就算聽說過我的名字，八成聽到的也不是甚麼好事，況且我對自己的沒沒無聞也並不感到遺憾，但世人壓根不想看無名者的文章（因為彼此都很忙碌），所以有點傷腦筋。如果我是電影統制局局長（有沒有那種官名我不清楚）之類頭銜的男人，就算說出「這個，怎麼說呢，千萬不能忘記娛樂性喔」這種毫無意義的廢話，電影界的主管們也會同感振奮，說不定還會立刻召集電影界全體從業人員，來一場「千萬不可忘記娛樂性」的訓示，所以人的心情還真微妙。

我好歹也有一點自尊。我知道自己寫的文章，要不就是完全沒人看，要不就是有幸被人匆匆一覽，然後就皺起眉頭批評「這寫的是甚麼玩意」，但即便如此我還是必須一字一字認真推敲思考寫文章，說來實在傷心。若是以前的我，對這類邀稿肯定會汗顏伏身懇切推辭，但最近的我有點不一樣了。為了日本，我必須發揮自己全部的力量。小說界與電影界並非相隔那麼遙遠的世界。我這個小說家的愚見，說不定也能出現奇蹟，得到哪個勇敢的電影人支持。如果真的發生那樣的奇蹟，我想這也是報效國家的一種方式。哪怕是再小的機會，都不能輕忽。

電影絕非藝術。正因為對藝術氛圍這種含糊不清的東西沾沾自喜，所以才拍不出像樣的電影。我曾發表以下的文章：

「每個人起初都是跟著範本不斷練習，但身為一個創作家，如果始終無法擺脫範本的氣味，那未免太沒出息了。坦白講，你到現在還在模仿某人的調子。你似乎把那個當成目標。最好拋棄『藝術性』這個曖昧不清的裝飾觀念。

生活不是藝術。大自然也不是藝術。說得更極端點，小說也不是藝術。我曾耳聞一種說法：若試圖把小說視為藝術，結果只會孕育出小說的墮落。我自己也支持這種論調。創作當中最須努力的，就是『力求正確』。除此之外別無其他。當你認為風車看似惡魔時，就該毫不猶豫地描寫惡魔。當風車看起來就只是風車時，只須如實描寫風車即可。風車其實看起來就是風車，但也有笨蛋作家自以為浪漫，認為如果不把風車描寫成惡魔就不夠『藝術性』，搞了一大堆膚淺的小動作，像那樣，就算耗盡一生也不會有任何收穫。於小說，絕對不可刻意追求藝術氛圍。那就像是在紙娃娃的圖案上，放上一張薄紙，哆嗦著拿鉛筆描摹線條，是非常滑稽幼稚的遊戲。毫無可看性。企圖營造氛圍之舉，終究只是自瀆。只要在你寫作時稍微有『像契訶夫那樣』的意圖，必然會慘遭失敗。切記不要隨便裝飾字面、刻意迴避漢字、無謂地描寫風景、胡亂寫些花名，請努力追求誠實、力求印象正確即可。你看起來甚至對自己都沒有明確概念。照你這樣，自然不管再過多久都無法正確描寫任何事物。要主觀！建議你抱持強烈的主觀。秉持單純的目光。」

去年年底，我看了二部電影。《無法松的一生》和《來自重慶的男人》。結果《無法松》非常無聊。我心想，致力追求「藝術性」未免也太老套了吧。男主角阪東妻三郎像埃米爾．傑寧斯[1]般使出渾身解數表演，我很同情阪東妻三郎，但我不覺得演得好。不是對阪東不滿。是對《無法松》這部電影不滿。到底哪裡好，我完全看不出來。我們應該拋開傑作意識。所謂的傑作意識，總是會被昔日範本的幻影迷惑。所以不管過多久都很老套。那簡直是照本宣科嘛。那種欲望太露骨，讓我啞然。千萬不可陶醉於「藝術性」。弄得整齣電影由始至終都是一連串「優秀場景」，結果整體看來散漫無力。至於《來自重慶的男人》正好相反。一點也不「藝術性」。沒有任何優秀場景。只見眾人驚慌失措四處奔跑。但我覺得這部片子非常有趣。絕非「傑作」。就像壓根忘了傑作云云那回事，只顧著四處奔跑。我看了不禁想，日本的電影進步了。若是這樣的電影，就算要耗費半天時光我也想去看。那絕非以昔日傑作為範本拍攝的電影。它只是卯足勁去追求想要表達的現實。那種卯足勁的表現，很新鮮。當然片中也有些地方像學生習作一樣粗糙。也有像學生的才藝表演一樣稚拙之處。但我還是覺得這部片子生猛有勁。這部片子擁有過去日本電影缺少的清新。它忘了噁心的「藝術性」裝飾，所以反而成功了。我要再次強調。電影，絕非「藝術」。我是說真的。

1 埃米爾．傑寧斯（Emil Jannings，一八八四—一九五〇）：德國男演員，奧斯卡影帝。

小說的趣味

小說這種東西，本來是婦孺讀物，並非讓世故的成年人看得熱血沸騰還激動拍桌大談讀後感的東西。如果有人說他看小說時正襟危坐畢恭畢敬，這種話若是開玩笑還算有趣，如果實際上真的這麼做，那我不得不說是瘋子的舉動。比方說在家庭也是，妻子看小說，丈夫在出門上班前對著鏡子打領帶，一邊隨口問妻子最近甚麼樣的小說比較有趣，妻子說，海明威的《戰地鐘聲》很有趣。丈夫扣上背心的鈕扣，一邊用非常不屑的口吻問起寫的是甚麼樣的內容。妻子頓時激動起來，不僅詳細說明故事情節，還被自己的說明感動得哭泣。丈夫穿上西裝外套說，嗯哼，好像挺有意思的。然後那個有工作的丈夫就出門上班了，晚間出席某沙龍聚會，曰：談到最近的小說，好像只有海明威的《戰地鐘聲》還值得一看。

小說這種東西，就是如此無情，事實上，只要能哄住婦孺就算非常成功了。哄騙婦孺的手段也有很多種，或故作嚴謹，或暗示美貌，或偽裝出自名門，或賣弄三流學識，或恬不知恥地暴露家醜，企圖博取婦女同情的意圖明明白白，可是偏偏世上有文評家這種笨蛋，對之又吹又捧，或者當成自己謀生的手段，怎不教人目瞪口呆。

最後我要聲明，昔日有瀧澤馬琴，此人寫的東西非常無趣，可是此人在貌似他畢生代表作的《里見八犬傳》序文提及，該書只要能幫婦女孩童閒暇時提提神已是萬幸。而且，只為了寫來給婦女孩童提神，此人把眼睛都熬瞎了，即便如此還是以口述筆記的方式繼續寫小說，豈不是太蠢了。

再說幾句題外話，我曾在某個失眠的夜晚熬夜把藤村這個人寫的《黎明前》[1]全部看完，然後就睏了，於是把那本磚頭書往枕畔一扔就去會周公，昏昏沉沉之際作了夢。一個和那本書毫不相干的夢。事後我才聽說，此人為了完成那部作品費了整整十年的功夫。

1 島崎藤村的長篇小說《黎明前》，被譽為日本近代文學代表作之一。

談自作

到今天為止，我從來不曾談論自己的作品。我很排斥。讀者如果看不懂，那也就罷了。就連替自己的創作集寫序我都不情願。

我認為說明自己的作品就已是作者的敗北。非常不愉快。我創作了A這個作品。讀者閱讀。讀者說A很無趣，是爛作品。那也就算了。犯不著去跟人家爭辯甚麼「不，應該很有趣才對」。那樣只會讓作者更窩囊。

不喜歡就不要看。我自認已經寫得很詳細，盡可能讓大家理解了。如果這樣還是看不懂，只能默默撤退。

我的友人屈指可數。我也不曾對那少數幾位友人解釋過我的作品。就算發表了，我始終保持沉默。我從未說過「某某段落是我費盡苦心寫成的」這種話。那樣會很掃興。我不想用那種苦心談壓倒旁人，來博取虛應故事的喝采。我認為藝術不該那樣勉強別人。

據說有些作家一天可以輕鬆寫出一萬多字。我一天寫個二千字就很不得了了。我不擅長描寫所以寫得很吃力。我的詞彙貧乏，因此下筆艱難。寫得慢，是作家的恥辱。寫個四百字就得翻閱字典兩三次。總會有點不安，怕寫錯字。

別人叫我談談自己的作品時，為什麼我會如此氣憤？我不太認可自己的作品，也不怎麼認可別人的作品。如果把我現在想的直接說出來，人們八成會立刻把我當瘋子看待。我不想被當成瘋子。我果然還是得保持沉默。再忍忍吧。

唉，好想趕快只寫四百字稿費三圓以上的小說就好。這種事，只會讓作家衰弱。打從我開始賣文章給《文藝》，已是第七年了。

我不想趕流行。況且我也不流行。我知道流行的虛無。我只希望一年出一本創作集，能夠賣個三千本。到目前為止我出版了將近十本創作集，二千五百本是最高銷售紀錄。

我的作品不管怎麼想，都不可能改編成電影或舞台劇。但這樣並不代表就是優秀的作品。無論是《罪與罰》或《田園交響曲》或《阿部一族》[1]，人家明明就改編成電影了。

然而絕不可能出現《女人的決鬥》這種電影。

我實在不喜談論自己的作品。會充滿自我厭惡。如果人家要求「談談自家小孩」，即便是志賀直哉這樣的文壇大師，肯定也會有點猶豫。聰明乖巧的孩

1 《罪與罰》是俄國作家杜斯妥也夫斯基的小說，《田園交響曲》是法國作家紀德的小說，《阿部一族》是森鷗外的短篇小說。

子固然聰明乖巧很可愛，可是不聰明又愛搗蛋的孩子更加惹人憐惜。箇中機微，要正確無誤地傳達給別人很困難。若勉強逼人談論豈不太殘忍了。

我與我的作品共生。我總是把我想說的話在作品中說出來。我沒有其他想說的。所以，如果那部作品遭到拒絕，那便就此結束。我一句話也不會說。

我在誇獎我作品的人面前會變得極度矮小。因為我總覺得自己好像在騙對方。反之，對於謾罵我作品的人，我一律輕蔑以對。我只當那人在鬼扯。

這次河出書房集結我的近作替我出版了《女人的決鬥》這本創作集。女人的決鬥在這本雜誌（《文章》）連載半年，似乎讓讀者備感無聊。編輯辻森先生交代我：「不妨趁著集結出書的機會寫一下感想，提及其他作品也無妨。」到目前為止，辻森先生一直很包容我的任性。所以我無法拒絕。

於我，事到如今毫無感想可言。最近我忙著下一篇創作。收到友人山岸外史來信。（〈跑吧美樂斯〉之義，在與神溝通；〈越級申訴〉之愛欲，在回歸本質。）

收到龜井勝一郎君來信。（〈跑吧美樂斯〉再三重讀，越讀越妙。這是傑作。）

我很感激我的友人。他們從一本創作集中正確摘出作者的意圖。山岸君及龜井君都不是講話不負責任的輕佻人物。能得此二人理解，於願足矣。

談論自作，是成為文壇大老後才該做的事。

天狗

天氣炎熱時，驀然想起的是俳句集《猿簑》中的那首〈夏月〉。

街市氣息紛雜，夏夜一輪明月。　　凡兆

這是首佳句。將感覺表達得很精確。讓我想起漁鎮。或許有些人想起的是神田神保町一帶，也有人想起的是八丁堀的夜市，想必形形色色不一而足，但想起甚麼都好。自己過往生活中的某個夏夜，就這麼清晰重現心頭，想想真是不可思議。

甚至有人說《猿簑》這本俳句集是凡兆一個人的舞台，但我想應該不至於，不過，至少可以確定《猿簑》的確有凡兆的兩三首佳句。一生之中若能寫出三首像「街市氣息紛雜，夏夜一輪明月」這樣的佳句，光是這樣，此人或許就已夠資格以俳句名人的身分名留青史。佳句通常很少。不信可以查閱以夏月為題的這一卷，古怪的句子倒是很多。

街市氣息紛雜，夏夜一輪明月。

芭蕉接著吟詠這句[1]：

家家門前乘涼，嚷著熱熱熱。

這就已經很古怪了。簡而言之是跟風過度。淪為前一句的說明，太囉嗦。是畫蛇添足的說明。比方說，還曾有這樣的例子。芭蕉寫了：

古池冷落清寂，忽聞青蛙跳水。

某人跟著吟詠：

撲通跳水聲響，旋即更安靜。

雖然這首沒那麼糟，但是顯然同樣犯了畫蛇添足的毛病。原來連芭蕉大師都會犯這種拙劣的錯誤。習慣隨時隨地教訓徒弟不可跟風過度、只能帶點影子就好的大師本人，有時也會犯這種大錯。跟風也跟得太緊了。碰上凡兆的名句，大師顯然徹底落了下乘。正是所謂無技可施的情況。「家家門前乘涼，嚷著熱熱熱。」這是看前一句就已很清楚的事實。也太沒技巧了。緊接著是去來的俳句：

1 這是採用連句的形式。連句通常有數人集體創作，先以五、七、五長句的格式詠第一句，接著第二人根據前一句的聯想以七、七短句的格式跟隨，之後第三人詠五、七、五長句，以此類推。類似接龍遊戲，必須當場迅速創作出和前一句的情境有關但內容截然不同的俳句。

尚不及再除草，已迎來出穗期。

我不禁苦笑。想必是絞盡腦汁想出的句子吧。去來是個認真的人。不是風流人物。然而越是不解風情的人越想嘗試風流。對機巧、奇智懷抱憧憬。不解風情的人就該老老實實寫不解風情的句子。到那時候，自然會寫出機巧、奇智之流望塵莫及的佳句。

一池湖水盈盈，正值五月雨。

就是去來的傑作之一。這樣認真、老老實實創作其實很好，如果故作機巧地胡亂耍花腔，反而讓人不忍卒睹。會很悲慘。可是去來沒發現那種悲慘，還一臉自得，所以更加令人束手無策。除了說他可愛之外完全沒別的辦法。芭蕉也認了，還是最疼愛去來。「尚不及再鋤草，已迎來出穗期。」這是很無聊的句子。空泛無物。這肯定也是絞盡腦汁想出來的句子。「尚不及再鋤草，已迎來出穗期。」但怎麼看都很無趣。「再鋤草」這裡是最下功夫的地方。怎麼樣，還算有點意趣吧？「不及」這種迂迴的說法也想了很久。因為很微妙。可是，哎，這樣子，總覺得，那甚麼的……我除了苦笑，真的真的無話可說了。一再重讀之際，不禁有點難為情。去來先生，拜託，唯獨那種「意趣」請放棄好嗎？

農忙一片魚乾，拍灰暫果腹。

凡兆接著詠出這句。不賴。農夫忙碌的模樣如在眼前。但是有點太做作了，略嫌矯情。太洋氣。芭蕉接著吟詠：

此道不識銀子，果真是不方便。

有點含糊。敷衍了事。這句，我認為是農夫自己在嘀嘀咕咕發牢騷。通常似乎都是把這句解釋為外人旁觀鄉下人的生活後感慨「這裡的鄉下人不懂得拿銀子做交易，想必生活很不方便吧」，但若是那樣，這句未免太無聊了。「此道」也有點冷嘲熱諷的味道，「沒錢想必不方便吧」的感想，也未免太想當然耳，幾近於廢話。「此道」這種用法，似乎帶有一點方言的腔調。是農民的講法。或許是一邊拍打魚乾的灰，一邊略帶自嘲地發牢騷抱怨「此地連銀子都不認識真是不方便」吧。幸田博士[2]好像也說過，「此道」這種說法，「就等同此道筋」，但那樣的話，「此道」就成了「俺這塊」這種地理性的說法，可是在我看來，總覺得更像是「俺們」或者「最近」、「這陣子」這種模糊的輕快言詞。總之不管怎樣，都不是佳句。沒有明顯的主客觀之別。有點像「大雨嘩啦嘩啦下個不停但我沒發現」這種愚蠢的文章。若是明確客觀的句子，未免太過理所當然讓人覺得是廢話，若當作是村民的嘀咕，雖然稍微有點鮮活色彩，卻又再次犯了過度跟風前一句的毛病。這方面，芭蕉或許也是被凡兆搶了風頭，有點厭煩了，感覺上似乎意興闌珊。芭蕉在連句方面經常任性妄為。有時簡直是自暴自棄。大概是心情不爽快吧。然而去來不知箇中底細，只是基於好

玩想出這種拙劣的意趣。去來跟著又寫了一句，

說到這賣魚的，竟身佩長刀。

太厲害了。簡直亂七八糟。去來大概內心暗自得意覺得幹得好，但旁人大概已瞠目結舌吧。簡直是天外飛來一筆，拖拖拉拉含糊不清。難以收拾。芭蕉和凡兆大概也不想再繼續接下去吟詠了。可是去來不知究竟，一個人還很得意。從前面吟詠的鋤草場景一下子來個大轉變，出現了長刀。這種創意之妙，令人跌破眼鏡。太打破常規了。簡直是破天荒。只因有這麼一句出現，剩下的都毀了。沒辦法再繼續連句了。去來一個人倒是意氣昂揚。這也得怪他的師父芭蕉。都是因為芭蕉先詠出含糊不清、似有暗示的句子，接下一句的去來才會騎虎難下。我漸漸懷疑芭蕉或許也有一點惡意刁難的心態。他在惡整去來。甚

2 應是指作家幸田露伴。露伴於一九一一年獲頒文學博士的學位。

至像在嘲弄去來。「此道不識銀子，果真是不方便。」被老師丟來這麼一句，去來先生可慌了手腳，但他硬是認真點點頭，寫出賣魚的身佩一把長刀。其間的二人心理動態，似乎清晰可見。總之，冒出這個「長刀」讓事情變得亂七八糟。凡兆忍著笑意接著吟詠：

眼見暮色昏暗，深恐草叢青蛙。

這分明是劣句。有人說《猿簑》中收錄的凡兆俳句沒有一句劣句，全都是佳句，其實並非如此。還是劣句更多。凡兆的佳句如果真有那麼多，就該是芭蕉反過來拜凡兆為師了。就連芭蕉也一樣，名句有沒有十句都很難說。俳句和樂燒軟陶及潑墨畫有點像，有時候非人力所能控制。往往做壞了一百件，好不容易才有一件成功之作。能有一件已經算很好了，恐怕更多人是連一件都沒有。畢竟，一首俳句總共只有十七個日文假名。「眼見暮色昏暗，深恐草叢青蛙。」雖然不算低俗，但是太直白了。只是虛應故事。勉強湊字數。

提燈摘款冬芽，嚇得吹熄燈。

芭蕉繼續如此吟詠。同樣也只是虛應故事。芭蕉對之前的長刀置之不理，任性地寫自己想寫的。如果不這樣，還真寫不下去吧。總之。「長刀」的確讓人驚愕。「吹熄燈」這種描寫果然高明。靜靜抹消了長刀。好不容易想辦法解決掉了長刀，才剛鬆了一口氣，去來老師又丟出第三顆炸彈。他吟詠道：

道心初成之時，蓓蕾正含苞。

了不起。這句很像樣。問題是，一點趣味也沒有。日前，某個一本正經的中年男子給我看他寫的俳句，其中有一句「月光清亮如鏡，可供頑者為鑑」，還附帶「詠道法之心」這個前書。委實是名句。我一句感想都擠不出來。碰上了不起的句子，純粹只能感到敬畏。凡兆也果真變得不高興了。露出冷酷的表情吟詠：

能登七尾之冬，住來令人心憂。

他完全不理睬去來，緊緊關上了心門。看來他多少有點生氣。句子寫得硬梆梆。這句就像石頭一樣。沒有旋律只有修辭。

吸吮魚骨維生，落魄老殘身。

芭蕉接著寫出這句。越來越陰暗了。全場空氣甚至都變得陰鬱。芭蕉也不開心了，甚至開始講大道理。感覺很沉悶。顯然是去來那句「道心初成」惹的禍。去來真是不解風情。

之後，又接了二十五句才結束〈夏月之卷〉的連句，可惜佳句不多。

正好已寫到編輯要求的字數了，所以後面的俳句我就不再評論，不過仔細想想，我還真是自以為是地寫得很傲慢。芭蕉，凡兆，去來，不都是歷史上的俳句名人嗎？結果，只因某個夏夜心血來潮，就失禮地這樣調侃人家，這個罪過可不小。我突然惶恐起來，遂將此文題為「天狗」[3]。

夏日炎炎讓筆者昏了頭，才會變成傲慢自大的天狗。請見諒。

3 天狗本為日本傳說中的妖怪，因鼻子翹得很高，故通常稱傲慢自大者為天狗。

致川端康成

你在《文藝春秋》九月號批評了我。「（前略）——原來如此，〈小丑之花〉的確充滿了作者的生活與文學觀，但就我個人淺見，作者目下的生活烏雲罩頂，可惜未能盡情發揮才華。」

彼此就別扯拙劣的謊言了吧。我在書店門口看了你的文章，非常不快。這樣看來，好像芥川獎得主任憑你一個人指定似的。這不是你的文章。八成是被誰指使寫的文章。而且你甚至努力想強調這一點。〈小丑之花〉是三年前，我於二十四歲夏天寫的。題目本來是「海」。我拿給友人今官一、伊馬鵜平看，和現在的內容相較，採用極為素樸的形式，完全沒有文中的「我」這個男人的獨白。只是老老實實寫出故事情節。那年秋天，我向鄰居赤松月船借了紀德的《杜斯妥也夫斯基論》，看完深思良久，我把那篇甚至帶有原始性端正的〈海〉剪得粉碎，改讓「我」這個男人在文中到處出沒，在朋友之間四處炫耀這是日本尚未出現過的小說。友人中村地平、久保隆一郎，還有住在附近的井伏先生都看了，評價不錯。我士氣大振，又繼續修改稿子，刪刪改改謄寫了五次，然後慎重其事放進壁櫥的紙袋中收好。今年正月新年，友人檀一雄看了之後說，「這篇是傑作，你應該找一家雜誌社發表，我也幫你去拜託川端康成。」他還說，若是川端氏，一定懂得這篇作品。

後來我的小說創作陷入瓶頸，抱著所謂曝屍荒野的決心去旅行。引起了一場小風波。

兄長要如何責罵都行，總之我只想借五百圓。然後再試一次。我就這樣回到東京。在友人們的大力幫忙下，今後這兩三年，我得以按月從兄長那裡拿到五十圓。我立刻四處找出租房屋，之後因盲腸炎被阿佐谷的篠原醫院收留。當時膿液已滲透腹膜，有點太晚治療了。我住院是在今年四月四日。中谷孝雄來探望我。他勸我加入日本浪漫派，並且趁此機會發表〈小丑之花〉。〈小丑之花〉還在檀一雄的手上。檀一雄依然主張還是拿給川端氏過目比較好。我因腹部開刀的疼痛，寸步難行。後來我的肺也出了毛病。每天昏昏沉沉不省人事。

事後妻子告訴我，當時醫生都說不敢保證把我救活。我在外科醫院躺了一整個月，連抬頭都很困難。五月轉移至世田谷區經堂的內科醫院。在那裡待了二個月。七月一日，醫院內部改組職員也全部替換云云，病患全部都被趕出去。我和兄長及其友人北芳四郎這位西服店老闆二人商量後，他們決定將我遷至千葉縣船橋。我整天躺在藤椅上，早晚略散步。醫生每週會從東京過來一趟。這樣的生活持續了二個月，到了八月底，我在書店門口翻閱《文藝春秋》，就看到了你的文章。「作者目下的生活烏雲罩頂」云云。老實說，我很憤怒。連著好幾晚都氣得輾轉難眠。

養小鳥、看舞蹈的生活真有那麼了不起嗎？我好想拿刀捅你。我覺得你是大惡棍。漸漸地，我忽然從最底層感到你對我那種宛如涅莉（杜斯妥也夫斯基作品中的少女）那般執拗彆扭又熾熱的強烈愛情。不對，不對，我搖頭，你雖然故作冷漠，但你那杜斯妥也夫斯基式激烈又錯亂的愛情，讓我渾身發燙。而且，你對此毫無所覺。

此刻，我不是要跟你比智慧。我從你的那篇文章中感到「現實社會」，嗅到「金錢關係」的悲哀。我只是想讓兩三個執著的讀者知道。那是不可不知的事。我們已經開始懷疑忍讓順從這種美德了。

想到菊池寬笑嘻嘻地說著「哎，那樣也好。中規中矩的最好」一邊拿手帕擦拭額頭汗水的情景，我不禁微笑。真的覺得這個結果很好。雖然有點同情芥川龍之介，不過這不算甚麼，這也是「現實社會」。石川氏[1]是了不起的生活人。就這點而言他是深刻地正面面對現實社會在努力。

我只是覺得遺憾。川端康成裝作若無其事卻無法徹底偽裝的謊言，令我萬分遺憾。本來不該是這樣的。的確，不該是這樣的。你必須更加清楚意識到，作家這種人就是活在「愚鈍」之中。

1 芥川獎（芥川龍之介獎）由菊池寬的文藝春秋社主辦，第一屆得獎作品為石川達三的〈蒼氓〉，描寫貧困農民渡海移民巴西的故事。負債累累的太宰原本亟盼能夠拿到五百圓獎金，可惜雖入圍決選卻未得獎，因此針對評審委員川端康成的評語提出本篇反駁。

關於《晚年》

《晚年》是我的第一本小說集。當初我以為大概也會是唯一的遺著，所以才取名為《晚年》。

讀來還算有意思的小說也有兩三篇，有空時不妨看一下。

就算看了我的小說，你的生活也不會變得比較輕鬆。更不會變得比較偉大。毫無助益。因此，我不敢大力推薦。

比方說〈回憶〉，讀起來應該就很有趣吧。你肯定會哈哈大笑。那樣就夠了。〈傳奇〉（Romanesque）更是滑稽荒謬，但這篇有點尖銳，所以我不太推薦。

改天我來寫個莫名其妙的有趣長篇小說吧。現在的小說，全都很無趣，不是嗎？

溫柔，傷感，好笑，高尚，除此之外還需甚麼？

我告訴你，看了也無趣的小說，那是三流小說。沒啥好怕的。碰上無趣的小說，斷然拒絕就對了。

因為大家都很無趣。像那種努力想逗趣反而變得更無趣的小說，看了之後，我告訴你，真的會很想死。

這種說話態度聽起來有多麼惹人厭，我當然知道。或許很像是擺明了瞧不起人。

可我無法欺瞞自己的感覺。太無聊了。事到如今，我甚麼都不想再對你說。

激情到了極點時，人會做出甚麼表情呢？面無表情。我變成微笑的假面具。不，是變成殘忍的貓頭鷹。沒啥好怕的。我終於也懂得這世間了，如此而已。

《晚年》你看了嗎？美，不是被人指出才感受到的東西，要靠自己，是自己一個人在不經意間發現的。你能否從《晚年》發現美感，那是你的自由。是讀者的黃金權利。因此我不太想這麼建議。不懂的人，就算揍他，他還是不會懂。

走筆至此，我該失陪了。現在，我正在寫非常有趣的小說，因此我是有點心不在焉地進行對談。請見諒。

思考的蘆葦
もの思う葦

作　　者　太宰治
譯　　者　劉子倩
主　　編　呂佳昀

總 編 輯　李映慧
執 行 長　陳旭華（steve@bookrep.com.tw）

社　　長　郭重興
發行人兼出版總監　曾大福
出　　版　大牌出版／遠足文化事業股份有限公司
發　　行　遠足文化事業股份有限公司
地　　址　23141 新北市新店區民權路 108-2 號 9 樓
電　　話　+886- 2- 2218 1417
傳　　真　+886- 2- 8667 1851

印務經理　黃禮賢
封面設計　許晉維
排　　版　新鑫電腦排版工作室
印　　製　成陽印刷股份有限公司
法律顧問　華洋法律事務所　蘇文生律師

定　　價　380 元
初　　版　2018 年 4 月
二　　版　2021 年 2 月

國家圖書館出版品預行編目資料

思考的蘆葦 / 太宰治 作 ; 劉子倩 譯 . --
二版 . -- 新北市 : 大牌出版 : 遠足文化發行 , 2021.02
面；　公分
譯自 : もの思う葦

ISBN 978-986-5511-56-2 (平裝)

861.67　　109021431